御隠居用心棒 残日録 1

落花に舞う

森 詠

時代小説

二見時代小説文庫

目次

御隠居用心棒 残日録 1――落花に舞う

第一章　隠居事始め

一

がらりと雨戸が開かれる音が響いた。戸袋に雨戸が納まり、再び静けさが戻った。

桑原元之輔《くわばらげんのすけ》は、はっと目を覚ました。障子には、明るい朝の陽があたっていた。

はて、今日は何をする日であったかな。

寝床に身を起こした。あたりはしんと静まり返っていた。雨戸を開けた下男の足音も遠ざかった。

ここはどこだ？

元之輔は部屋の中を見回した。毎朝、明け六つ（午前六時）には決まって起こしに来る近侍《きんじ》の桜井《さくらい》の気配がない。居間の造作《ぞうさく》もいつもとは違う。

そうか。ここは己れの隠居部屋《いんきょ》だった。

元之輔は、ようやく思い出した。

己れは隠居したのだ。近侍の桜井も一昨日に暇を出したではないか。

元之輔はため息を洩らした。

今日からは、いくら朝寝坊をしてもいい。藩の役職から身を引いたのだから、あれこれと雑事を考えなくてもいいのだ。

だが……。

元之輔は寝床の上に胡坐《あぐら》をかいた。

なんとも妙な気分だった。御役御免となり、何もしないということは、隠居する前には、さばさばして気分がいいのではないか、と思っていた。さにあらず。口で言い表せないような、寂寥感《せきりょうかん》に襲われて、居ても立ってもいられない気分になる。

こんなはずではなかった。

還暦《かんれき》を迎えるにあたり、己れ自身で望んだことではないか。

人生六十年。その後の余生はおまけだ。我ながら、これまで、よくぞ働いた。余生は神様からのご褒美。あとは自由に好きなように生きろ、という神様のありがたい思《おぼ》し召《め》しだ。

そう考えて忠正《ただまさ》様の隠居に合わせて、己れの隠退の準備もしていた。

元之輔は昨年春に、藩主忠住《ただすみ》様に畏れながらと願い出た。還暦を迎えるにあたり、江戸家老職と留守居役を辞し、隠退させていただきたい、と。

忠住様は元之輔の申し出に、ひどく困惑された様子だった。忠住様はすぐに人払いをし、元之輔と二人だけで向き合った。

なぜに、突然に江戸家老や留守居役の職を辞めるというのか。

元之輔が江戸家老に就いてからというもの、藩と幕府の関係はより親密なものになり、この度《たび》の世継の届けも、幕府から何の滞《とどこお》りもなく承認された。それというのも、江戸家老のおぬしが、日頃から、幕府の要路と良好な関係を維持してくれていたからだと感謝している。

いったい、なぜに元之輔は職を辞すだけでなく、身を引いて隠居したいと申すのか。余に何か不満があるのか？

いいえ。滅相《めつそう》もございません。それがし、忠住様にお仕えすることに何の不満もありませぬ。

しかし、何事にも引き際が肝腎《かんじん》でございます。それがし、先代忠正様に御小姓組頭から御奏者番《ごそうしやばん》、次いで御側用人に引き上げられ、さらには江戸家老、留守居役を仰せつかってほぼ十年になります。

人間、十年も江戸家老や留守居役の要職を務めると、どんな人でも腐敗し堕落いたします。それがしも、普通の人間でござる。いつまでも清廉潔白《せいれんけつぱく》でいる自信はありません。

さらに、それがしが江戸家老や留守居役に固執《こしつ》して、いつまでも続ければ、人事は停滞し、下の者は働く意欲をなくし、ひいては藩政に悪い影響を及ぼします。

羽前長坂藩《うぜんながさか》では、多くの役職が五十五歳を御役御免、引退の年としている。延びても六十歳を限度として、その後は隠退隠居となる。

しかし、藩執政である家老職や中老職、物頭《ものがしら》などの要路には、その決まりはなかった。そのため藩の要路のなかには、死ぬまで同じ要職に固執した人もいた。それは上士たちに許された特権だった。

上士ではない元之輔が、江戸家老職に就けたのは、御上《おかみ》が特別に重用《ちようよう》して引き上げてくれたからで、例外中の例外ともなる人事だった。それだけに、藩要路たちの元之輔に対する反発は強かったが、前藩主忠正様、その後を継いだ忠住様の元之輔に対する絶大なる信頼と確固たる擁護があったので、誰も元之輔に楯突《たてつ》く者はいなかった。

藩政は上士だけのものではない。藩執政には、身分や階級にかかわらず、有為《ゆうい》なる人士を登用すべし。

元之輔は己れが範を垂れることで、藩の固陋《ころう》なる慣習に、一矢報《いっし》いる気持ちもあった。

元之輔は若い藩主忠住様に申告した。

それがし、還暦になるのを機に、江戸家老職や留守居役職を辞し、後進の若手の有能な士に、道を譲りたいと存じます。

新しい藩主には新しい側近や要路が御仕えするべきだと考えております。ぜひとも、それがしの我儘《わがまま》な隠退と隠居をお許し願いたい。

元之輔は藩主忠住様に深々と両手をついて頭を下げた。

忠住様は、御年二十四歳。すでに妻《めと》を娶り、男子も一人授かっている。先代忠正様が五年前に病《やまい》に倒れた時は、忠住様は十九歳だったが、病身の忠正様に代わって、藩の政務の多くをこなして来た。元之輔は江戸家老として、常に側にいて、若い忠住様を補佐し、ともに難局を越えて来た。

忠住様が参勤交代で、在所の長坂にお戻りになられ、江戸を留守にしている間、元之輔は江戸家老兼留守居役として、幕府や他藩との交渉のすべてを取り仕切って来た。時には、藩主忠住様の代理として、幕府から押しつけられた無理難題を、これまでに培った幕府要路の人脈を上手く使って、穏便《おんびん》にお断わりし、無事乗り切ったこともある。

そうしたことを忠住様も、在所の御家老衆も、よく存じているはずだった。だから、この十年、誰にも文句を付けられることなく、元之輔が江戸家老、留守居役を務めていることが出来たのだ。

しかし、何事にも潮時《しおどき》がある。

忠住様は、先代の忠正様に似て、聡明で思慮深く、慎重にことをお運びになる。しかし、いったんこうと決めると、多少の反対を押し切ってでも実行する果断《かだん》な行動力を持つ性格の青年藩主だった。

忠住様は真顔になり、腕組みをして、しばらく考え込んだ。

どうしても、隠退したいと申すのか。

はい。申し訳ございません。

……では、致し方ないのう。

忠住様は、元之輔の隠退の意志が強いことが分かると、ようやく隠居を許した。

そして、これまでの功績の褒賞として、郷里の羽前長坂藩の城下に隠居屋敷を用意するとした。

　元之輔は、忠住様のご好意に感謝したが、それも婉曲《えんきよく》にお断わりした。江戸は元之輔の亡き妻お絹《きぬ》の生地であり、菩提寺《ぼだいじ》も江戸にある。桑原家の跡継ぎになる長男誠衛門《せいえもん》は、御小姓組組頭の役目柄、江戸藩邸に詰めている。

　元之輔は、長年の江戸住まいだったため、羽州《うしゆう》の郷里に戻っても、親しい友人や知人はあまりいない。

　父桑原仁之輔《じんのすけ》はすでに他界しており、母の佳《よし》は傘寿《さんじゆ》の高齢ながら矍鑠《かくしやく》としており、女中たちと一緒に、実家を守っていた。

　他家に嫁いだ姉が時折顔を出しているのだが、姉によると、母は家に近所の娘や女たちを集め、いたって元気でいるとのことだった。

　元之輔は藩の執政に報告し、隠居の手続きをするため、在所の長坂城下に帰った。

　その折、実家に戻って、母に、この度隠退して隠居することにしたと告げたら、一笑に付されてしまった。

　母親の自分がこうしてまだ現役で働いているというのに、息子のおぬしが老齢のため隠居しようとは何事か。十年いや二十年早い。武士たる者は、本来死ぬまで現役として御上のために身を粉《こ》にして働くものだ。楽隠居しようなどとは、不届き千万。武士の風上にも置けぬ。とっとと江戸へ帰れ、とにべもなく叱られた。

実際、母は傘寿を迎えた老齢とは思えぬほど、肌は艶々として血行がよく、生気に満ちていた。体こそ、昔よりも小さくなったものの、六十代といっても分からぬほど若々しく見えた。

実家には、昔からの古い女中やお手伝いの女たちが代わる代わる詰めており、母を囲んでの賑やかな女の園になっていた。元之輔は実家に戻っても、身の置きどころがなかった。

母は若い娘や女たちに、読み書きの素養を付けたり、礼儀作法や茶道、生け花などを教えるのに生き甲斐を見付けた様子だった。

そんな母の許に、倅《せがれ》の己れが、尾羽《おは》打ち枯らした隠居となって戻るわけにはいかない、と思ったことも、江戸での隠居生活を決めた大きな理由だった。

元之輔の弟孝之輔《たかのすけ》は、他家の婿養子に迎えられ、いまは桑原家の者ではない。姉も他家に嫁いでいる。血が繋がった者では、なによりも大事な娘の志乃《しの》がいるが、志乃もいまは他家に嫁いでいて、桑原家の人間ではない。

ともあれ元之輔は、在所に戻るのは、まだ早いと考えた。戻ろうにも、あの元気な母が許してくれそうもない。

それに長年暮らした江戸の方が、気心の知れた友人や知己《ちき》が大勢いる。亡くなった妻の絹の生家も江戸にある。絹の墓と菩提寺も江戸にあった。

忠住様は元之輔から事情を聞くと、すぐに元之輔の願いを聞き入れ、江戸での隠居を許してくれた。

許しを得た元之輔は、さっそく、以前から目を付けていた深川《ふかがわ》にある空き家の仕舞《しもた》屋《や》を隠居屋敷にしたいと御上に願い出た。

忠住様は、その仕舞屋を買い上げ、あらためて隠居屋敷として元之輔に賜《たまわ》った。さらに、元之輔が日常の生活に不便なきようにと、御女中、供侍、中間《ちゆうげん》小者《こもの》、下男下女の夫婦者を付けようといった。

忠住様は、奥方を亡くした元之輔がさぞ寂しかろうと、大奥の腰元のなかから、若くて美形な御女中を選んであてがおうとしたのだった。

元之輔は、忠住様の温情に感謝しながらも、御女中も供侍も中間小者も、ご遠慮申し上げると婉曲にお断わりした。

妻のお絹を流行《はや》り病で亡くして、早六年が過ぎた。今夏にも、七回忌を迎える。それまでは、心静かにお絹を弔《とむら》いたい。そう思ってのことだった。

護衛役の供侍については、もはや江戸家老ではないのでご遠慮いたしたい。それよりも、これまで長年、若党として仕えてくれている田島結之介《たじまゆいのすけ》を引き続き奉公人として雇いたいと申し上げた。

田島結之介は士分ではないが、二本差しの格好をした武家奉公人だった。どこで修行したのか知らないが、武芸の心得もある。日頃の物腰から察するに、並々ならぬ腕前だと、元之輔は見抜いていた。

元之輔とは阿吽《あうん》の呼吸で付き合うことが出来る。何よりも元之輔が買っているのは、田島には隠居生活のあれこれを切り盛りする執事の才覚があることだった。

忠住様は元之輔の話を聞いて、なるほどとうなずき、笑いながら言った。

それでは、おぬしの思うようにいたせ。

二

隠居するには、さまざまな煩雑《はんざつ》な大事が待ち受けていた。その一つは、桑原家の家督を、息子の誠衛門に継がせることだった。それに伴っての、家禄の扱いである。

元之輔は先代忠正様に目をかけられ、納戸組から御小姓組に引き上げられた。それを契機に、御小姓組小頭になり、いったん馬廻り組の小頭に回された後、御小姓組に戻されて、組頭にされ、さらに御側衆に召し上げられた。御側衆でも重要な奏者番を務めた後に、忠住様の相談役ともなる側用人に抜擢された。役替わりの度に家禄が加増され、対外折衝の役目もある江戸家老に就任するにあたって、石高八百石に加増されていた。さらに留守居役の役料二百石が加算されるので、計千石取りになっていた。これは、ほかの家老や中老たちの石高に見劣りせぬようにと、忠住様が配慮なさった結果でもある。

隠居するにあたり、江戸家老職と留守居役も辞するとなると、石高は元之輔が御側衆に登用される前の二百石に戻される。

江戸家老の家禄千石から、一挙に二百石に引き下げられるのは、覚悟をしているとはいえ、実際にそうなると、まるで何か不始末をして懲罰を受けたかのような感じになり、心が騒《ざわ》ついた。

しかし、ありがたいことに、忠住様は、江戸家老と留守居役の功労の報償として、元之輔に百石を加増してくだされ、家禄は三百石に留まった。上士の待遇である。

ともあれ、総領誠衛門の家督相続は、何事もなく御上から承認された。

だが、隠居になると、元之輔は家主の誠衛門が受け取る家督三百石の内から、生活費として、五十石ほどを分けてもらう立場になる。その五十石で、若党の田島結之介や下男下女夫婦を雇い、給金を払ったり、食糧や生活用品などもろもろの費用を賄《まかな》わねばならない。

五十石の家禄では、いまの元之輔からすれば、倹《つま》しい暮らしになるが、五石、十石の扶持米や家禄が普通の下級藩士からすれば、五十石は十分に恵まれた家禄である。

だが、江戸家老時代の千石だった暮らしから、一挙に五十石の暮らしになるのは、元之輔にとって、まるで貧乏のどん底に落ち込んだ気分になるのは仕方のないことだった。

藩邸に出入りする業者から、将来の隠退に備えて、さまざまな役得を使って蓄財するよう勧められた。なかには贈収賄まがいの誘いもあったが、元之輔は頑《かたく》なに、そうした蓄財の誘いを断ってきた。だから、隠居するにあたり、手元に金はなかった。

江戸家老や留守居役の職にまつわる多大な役得が、人の人生を狂わせもし、そうした役職に就くと、自ら辞めようとしなくなるのは、このへんの事情にあるのだな、と元之輔はあらためて思った。

家禄の問題に次いで、住む屋敷の問題も起こった。当然のことだが、江戸家老に与えられる拝領屋敷からも出ることになる。これまで、一緒に住んでいた息子誠衛門夫婦たちは、藩邸内の屋敷に移り住むことになった。

誠衛門は御小姓組組頭だが、その御役目ではまだ拝領屋敷を授けられる身分ではない。

　忠住様は、いずれかの機会に、誠衛門を御側衆に引き上げようと約束してくれた。そうして、順次石高が加増され、身分も上がれば、いつか、元之輔のように拝領屋敷を賜るような身分になる。元之輔は御上のご好意に感謝したが、息子の誠衛門には、その約束については話さなかった。

　元之輔にとって誠衛門は自慢の息子だが、甘やかすことだけはするまい、と思っていた。だから、あえて忠住様に誠衛門を引き上げてほしい、と願い出ることはしなかった。誠衛門の人生は親の人生とは違う。誠衛門には親の力を借りず、自らの力で未来を切り拓いて行ってほしい。自分も、父の力を借りずに、そうしてきた。誠衛門には、人として、武士として、その力があると元之輔は信じていた。

「御隠居様、御目覚めでございますか」

　襖越しに若党の田島結之介の声が聞こえた。

　元之輔は物思いから我に返った。

「うむ。起きる」

　元之輔は寝床から立ち上がった。襖が音もなく開き、田島が顔を覗かせた。

「御隠居様、御布団を上げさせていただきます」

結之介は部屋にすり足で入り、障子を開け放った。新鮮な朝の空気が部屋に流れ込んだ。

「田島、その御隠居様と呼ぶのは、やめてくれんか。どうも年寄りになったようで、いかにも辛気臭《しんきくさ》い」

田島は細面《ほそおもて》に笑みを浮かべ、手早くどてらや布団を畳んだ。

「しかし、御隠居様、隠居は隠居にございます」

田島は押し入れの襖を開け、布団を押し込んだ。

「ほかに呼び方はないかの」

「ありません」

田島はにべもなく言った。

「慣れてください。御隠居様」

「隠居は隠居か。仕方ないのう。せめて御と様を取ってくれぬか」

「……ただの隠居ですか？　なんか呼び捨てにしているようで、しっくりしませんな」

田島は畳んだ布団の上に枕を載せ、静かに押し入れの襖を閉めた。

「では、御隠居と御呼びしましょう。御隠居なら、それがしも呼びやすい。尊敬の意味も籠もっています」

「さようか。まあ、よかろう」

元之輔は諦めて、庭に臨む廊下に出た。朝の鮮烈な陽光が庭先の植木を照らしていた。生け垣越しに、若葉を風に揺らした雑木林が見える。桜の木には、小さな花の蕾が付き始めた。

雑木林の向こうに青々とした田圃《たんぼ》が広がっていた。そよぐ風はまだ肌寒く感じた。だが、かすかに梅の花の薫りが混じっており、冬の凍り付くような冷たい風ではない。

下男の房吉《ふさきち》が、玄関先の庭を箒で掃いていた。庭に放たれた鶏たちが、首を振り振り、地面を突いて回っていた。台所の方から、朝餉の煙が漂って来る。房吉の女房お済《すみ》が飯を炊いているのだろう。

見上げれば、雲一つない青空が広がっていた。

気持ちがいい。なんと爽やかな朝なのだ。

元之輔は両手を広げ、思い切り背伸びをした。

「御隠居、本日より、毎朝、素振り千回をお始めになるとおっしゃっていましたが」

田島は背後から、そっと木刀の柄を差し出した。

「なに、そんなことを申したか」

元之輔は木刀の柄を握った。

「はい。昨日の還暦祝いの席で、六十になっても、まだ若い者には負けん、隠居生活が始まったら、まず手始めに剣術修行を始めるぞ。と、誠衛門様はじめ、お客様たちに高らかに宣言なさっていました」

「はて、そんなことを申したかの」

「はい。手始めに素振り千回いたす、と」

元之輔は、顔をしかめた。赤いちゃんちゃんこを着せられ、赤い頭巾《ずきん》を被らされたのは覚えている。その後、みんなから次々に祝い酒を勧められ、杯に注《つ》がれるままに酒を飲んだ。一気に酔いが回り、いい気分になったところまではは っきりと覚えている。

「聞き違いではないか」

「いいえ。それがし、この耳でしかと聞いております」

「そうか。そんな大言壮語をしていたか」

いわれてみれば、酔った勢いで、そんなことを言ったような気もする。

元之輔は頭を掻いた。

「ほかには、何を申しておった？」

「隠居したら、江戸家老の時には出来なかったことをいくつかしたい、と申されてましたな」

「何をしたい、といっていた？」

元之輔は、何をいったのだろうか、と心の中で反問した。まさか、あのことはいっていまいな。

「芝居見物、川釣り、京《きよう》の都見物。この三つは、ぜひ、やりたい、と申されてました」

「そうか。芝居見物、川釣りに京の都見物か」

元之輔は、いくぶんかほっと安堵した。その三つは、たしかに望んでいたことだ。どうやら、本当にやりたいことはいってはいないらしい。

「そのほかには、何かいわなかったか？」

「……ほかにも、まだ何かやりたいことがあるのですか？」

田島は、元之輔をちらりと見た。目に猜疑《さいぎ》の色があった。

「いや、ほかにはない」

元之輔は、田島の目から逃げるように、廊下から庭に跳び下りた。裸足のまま、木刀を構え、素振りを始めた。

田島も木刀を手に、元之輔の後に続いて下りた。

気合いを入れ、足を前後に進めたり、退いたりしながら、木刀の素振りを始めた。

傍らで、田島も素振りを始めている。

百回も振らぬうちに、元之輔は足が縺《もつ》れるのを覚えた。手足の動きがぎくしゃくして、うまく連動しない。呼吸が乱れ、息も上がる。

「いかん、これはいかん」

元之輔は素振りをやめた。

「御隠居、どうなさいました？」

「参った。相当に足腰が弱っている」

元之輔は木刀を何度も振り下ろした。昔なら、木刀が風を切る音がした。その音が弱々しい。木刀を握る手も痺れる。目眩《めまい》もする。

いつの間にか、胸元や首筋、背中にじんわりと汗をかいていた。

「御隠居、素振りは久しぶりですか？」

「うむ。江戸家老になってからは素振りをしていない。恥ずかしいが、すっかり体が素振りを忘れておる」

田島は哀れむような目付きで元之輔を見た。

「たしかに、御隠居は、足腰が弱っていますね。見るからに稽古不足です」

「うむ」

元之輔は深呼吸を何度も繰り返し、呼吸を整えた。

田島は慰め顔で言った。

「御隠居、大丈夫です。昔取った杵柄《きねづか》は、忘れることはありません。毎日、稽古を重ねれば、そのうち、体が自然と動きを思い出します」

「ならば、いいが」

元之輔は、あらためて、気合いをかけ、素振りを再開した。今度は、少しばかり足捌き、腕の捌きがよくなったような気がした。

傍らに立った田島は、冷ややかな目で元之輔の動きを眺めていたが、何もいわなかった。

元之輔は呼吸を乱しながら、一心不乱に素振りを繰り返した。次第に体が滑らかに動くように思えた。

ヒヨドリが鋭い鳴き声を上げながら、空を横切った。

三

こうして、元之輔の隠居生活は始まったのだが、初めは戸惑うことばかりだった。江戸家老職を隠退したとたんに、周囲の誰もがよそよそしくなり、挨拶以上の話もしなくなった。

江戸家老の元之輔に仕えていた用人たち、身の回りの面倒を見てくれていた小姓たちや、茶坊主までもが、掌《てのひら》を返したように、元之輔を敬遠し、近寄らなくなった。

藩邸の江戸家老の詰所に顔を出すと、ひと月前まで、元之輔が座っていた席には新しい江戸家老が鎮座《ちんざ》し、側用人の一人と何事かを相談していた。

新家老も用人も、詰め所に現われた元之輔に気付き、「これはこれは、御隠居様、ご機嫌麗《うるわ》しゅうございますな」と、一応愛想は言ったが、「用事がありますので、失礼いたします」と、すぐに打ち合せに戻った。

お茶を運んで来た茶坊主も愛想笑いをしただけで、部屋を出て行く。

元之輔はお茶を啜《すす》りながら、話し相手はいないか、とあたりを見回すが、誰も寄って来ない。

詰所に居合わせる事務方の者たちも、元之輔に挨拶だけはしたものの、みなそれぞれ、自分の机に向かい、帳簿書きをしている。元之輔の取りつく島もない。

元之輔が居なくなり、だいぶ顔触れが替わったものの、政務は滞りなく進んでいる。己れが抜けても、藩の政は何事もなく行なわれていくということは、いささか無念でもあった。それほど、自分は藩にとって必要とされなかったというのか。

いったい、己れは藩にとって何だったのか。

もうここには、己れの居場所はない。仕事もない。自分はここでは不用な人間だ。

元之輔は、ようやく自覚した。

新しい江戸家老に、さりげなく頭を下げ、静かに詰め所を退出した。それと気付いた事務方の何人かが、軽く会釈した。

元之輔は藩邸の大廊下を静々と歩きながら、物思いに耽《ふけ》った。

することが何もない、ということは、こんなにも寂しいことなのか、とつくづく思った。

いっぺんに老けた気分がする。

こんなことでは、いかん。自分は、還暦を迎えて、第二の人生を歩み出したはずなのではないのか。

まずは体力を回復することだ。何事も、体力に自信がないと、うまくやっていけない。

元之輔は、何をやりたいのか、頭の中で整理した。

素振り千回を試みて、還暦の老いを十分に理解した。足腰がひどく弱っていた。素振りするにも、昔のようには出来なくなっていた。

以来、元之輔は、田島とともに、隠居屋敷の周りを駆けることから始めて、深川の村々を速歩や駆け足で巡って回り、足腰を少しずつ鍛え直し出した。

以前に通っていた関根《せきね》道場にも顔を出し、近藤大介《こんどうだいすけ》師範に挨拶し、若い師範代に初心者同様に、初歩から稽古を付けてもらうようお願いした。

関根道場は、亡き関根達之助《たつのすけ》師範が開いた知心流《ちしんりゆう》の道場だった。元之輔は若いころ、その関根師範に剣を習い、免許皆伝を受けた。いまの道場主の近藤大介は、元之輔と同期の門弟で、かつては元之輔と大介は、もう一人の高弟竹田心平《たけだしんぺい》と並んで、関根道場の三羽烏《さんばがらす》と称されたこともある。

この一ヵ月、元之輔は道場に日参し、稽古に励んだ。最初のうちは、少年剣士たちに混じり、稽古を重ねた。そのうち、田島が言っていたように、体が思い出してきた。

だが、いくら昔取った杵柄とはいえ、ひと月程度の稽古では、かつてのような竹刀捌きは出来ない。

だが、少しずつだが、体が熟《こな》れ、次第に動きがよくなるように感じてきた。いままでは、師範代の若者相手に、三本に一本は取れるまでに進歩した。

それに気をよくした元之輔は、近藤大介師範に頼まれ、少年剣士たちの稽古相手を務めるようになった。少年たちの竹刀の上達は早く、彼らの相手をしている時は、何もかも忘れて、夢中になって稽古に励むことが出来た。

元之輔は、少年たちから、先生と呼ばれるようになり、ここは自分の居場所だ、と思うようになった。

師範の近藤大介に、久しぶりに稽古を付けてもらったが、まだまだ昔の腕前には程遠かった。それでも、近藤大介を仰《の》け反《ぞ》らせるような打ち込みが出来たので、元之輔は、ひと月前に比べて、少しだが剣の勘を取り戻しつつある、と実感した。

体力が少しずつ戻ってくると、さっそくに江戸家老時代には出来なかったことがやりたくなってきた。まずは、稽古の合間を見ての川釣りだ。

元之輔は、田島に釣具を揃えてもらい、田島と一緒に大川端《おおかわばた》に出て、川釣りを始めた。

川釣りは郷里の長坂城下で、青年時代まで野山を散々歩き回ってやった覚えがある。

江戸に出てからは、一度も釣りはしていない。田島は、江戸の人間なので、子ども時代から大川で釣りをしていた。大人になってからは、釣りと縁遠くなったものの、子どものころに見つけた釣りの穴場は、いまも覚えていた。

その日も早朝から、元之輔は田島と連れ立って、釣り竿を担ぎ、魚籠《びく》と餌箱を腰にぶら下げ、大川端に出かけた。

川釣りの極意は、同じ場所に留まらぬことだ。魚が釣れるまで、釣り糸を垂れるというのは、素人の釣りだ。一ヵ所に餌を付けた釣り針を放り込み、釣れなかったら、すぐに場所を移動する。

釣りの穴場があっても、すぐに魚は移動する。釣り人も、それを見越して、次々に穴場を探して針を放り込む。

釣りは本来短気な人の方が向いている。元之輔も、若いころは直情径行で、ひどく短気な性格だった。そのため、川を遡《さかのぼ》ったり下ったり、あまり一ヵ所に留まらず、せこせこと忙《せわ》しく歩き回り、いつもかなりの釣果《ちょうか》を上げた。のんびりと釣り糸を垂らしていた仲間たちから、どうして元之輔だけが、あんなに釣果を上げるのか、と不思議がられ、羨ましがられもした。

大人になり、その短気は損気だと判《わか》って、だいぶ抑制し、釣りもしなくなっていた。

久しぶりに大川端で釣りを再開したら、若かったころの短気を思い出した。田島結之介も結構短気な性格だった。元之輔と田島結之介は、競うように釣り場を変え、大川端を歩き回った。

大川の上流では、ウグイや鯉《こい》、時に鮭《さけ》やウナギが釣れる。下流の汽水域《きすいいき》では、海の魚が紛れ込んで来るので、イナやクロダイ、時にボラや出世魚のフッコが釣れる。

その日は上流域で大雨が降ったらしく、川の水は増え、土色に濁っていた。そのため、急遽ドブ釣りに切り替えたものの、獲物は掛からなかった。

元之輔も田島も、いつも釣り場にする大川の左岸側ではなく、東橋《あづまばし》を渡った対岸の右岸側で釣ることにした。その日、あえて河岸を変えたのは、左岸には、いつになく釣り人の影が多かったせいもあった。

だが、右岸でも、どこに釣り針を放り込んでも、あたりはなかった。

いつしか、二人ともあたりを求めて、釣り場を次々に変えているうちに、両国橋《りょうごくばし》の袂近くまで移動していた。

あいかわらず、大川は泥水が滔々《とうとう》と音を立てて流れている。上流でまだ雨が降り続いているのか、水嵩は増すばかりだった。

これでは、いかな大食いの魚も、餌探しをするとは思えない。魚だって泥水でほとんどあたりが見えないので、水が澄むまで、じっとしているに違いない。

よし、本日の釣りは諦めた。

元之輔は竿を上げながら、少し離れた場所で釣っている田島に手を挙げ、「帰るぞ」と合図した。竿を抜いて、二本にした。手早く釣り糸をぐるぐると竿に巻き付けた。

田島も釣れなかったらしく「了解」と手で応え、釣り竿を川から引き上げた。

両国橋の広小路には、何軒もの見せ物小屋や芝居小屋が建っていた。役者の名前が大書された幟《のぼり》が何本も小屋の前に立ち並び、風にはためいていた。

芝居が終わったのか、一軒の小屋の出口から、ぞろぞろと人の群れが出て来るのが見えた。振り袖姿の娘や粋《いき》な小袖姿の女が、町人の若い衆と笑いながら歩いている。

芝居が終わる八ツ半（午後三時）を回った時分だった。

元之輔は田島の魚籠の口から釣果を見た。

田島の釣果は、鯉一尾、ウグイ一尾。元之輔は、雑魚《ざこ》三尾だった。

竿を肩に担いだ田島が頭を左右に振った。

「御隠居、本日は残念ながら、駄目ですな。魚の食いが、ひどく悪うござる」

「うむ。おぬしはまだいい。鯉とウグイを釣った。わしは小さな雑魚三尾。比較にならん。坊主同然だ」

「そんなことはありません。雑魚は雑魚でも、小振りのウグイです。焼けば、いい酒の肴になりましょう」

「そうかのう」

元之輔は魚籠の中を覗き、ぐったりとした雑魚を眺めた。まだ生きているようであれば、川に返そうかと思った。だが、さっきまで口をぱくぱくさせていたが、いまはまったく動かない。うむ、死なせてしまった以上、大事な命は美味しくいただこう。成仏しろよ。

元之輔は心の中で魚たちに手を合わせた。

不意に空から雨がぱらぱらと降って来た。橋の下を流れる川面に無数の雨足が立ちはじめている。

「やれやれ、泣きっ面《つら》に雨ってわけか」

元之輔はぼやきながら魚籠の紐を腰に巻き付けて縛った。餌箱も腰の帯に括り付ける。

「さあ、急いで橋を渡りましょう。大降りになる前に、対岸の倉庫の軒下に駆け込めば、濡れずに……」

その時、女の悲鳴が上がった。男たちの怒声も聞こえた。

広小路を振り向くと、芝居小屋から出て来た人波が四方八方に散って行く。小屋の前で、七、八人の羽織袴の侍たちが、一人の女を取り囲んでいた。紫色の御高祖頭巾《おこそずきん》を被った武家の女だった。懐剣《かいけん》を抜いて、胸に構えている。

羽織袴の侍たちは、何事かを怒鳴り、一斉に刀を抜いた。

だんだんと白刃の輪が狭まり、御高祖頭巾を追い詰める。御高祖頭巾は、いきなり懐剣を振り回した。周囲の侍たちを一、二歩退かせた。侍たちはせせら笑い、御高祖頭巾を囲んだ輪を解《と》こうとはしない。

侍の一人が御高祖頭巾の女の腕に刀を打ち下ろした。女は、うっと唸り、懐剣を取り落とした。峰打ちだった。すかさず、大柄な侍が両腕を伸ばし、むんずと女の軀を摑んで抱え込んだ。女は必死に手足を振るい、大男の腕から逃れようとした。女の着物の裾が乱れて、赤い襦袢《じゆばん》や、足の脛《すね》や腕の白い肌が顕《あらわ》になった。

侍たちはどっと笑いながら、刀を腰に納め、御高祖頭巾の女と大男を囃《はや》し立てながら、近くの船着場に歩いて行く。

船着場には屋根船が一艘待ち受けていた。どうやら、侍たちは拉致《らち》した女を屋根船に連れて行くらしい。船の上には、侍の黒い影が立っていた。

「仕方ないのう。しばし、預かってくれ」

元之輔は腰の魚籠と餌箱を外し、田島に渡した。

「御隠居、まさか」

「義を見てせざるは勇無きなりだ」

元之輔は釣り竿を握り直し、騒動の輪に向かって駆け出した。

「御隠居、無茶でござる。おやめください」

田島が一緒に来ようとした。

「田島、おぬしはいい。そこで見ていろ」

元之輔は騒動の真っ只中に駆け込んだ。

「御隠居、お待ちくだされ。無茶でござる」

田島の叫び声が背後から聞こえた。田島も後から追って来る。

「待て待て。大勢で女子《おなご》を拐《かどわ》かすとは、どういう料簡《りようけん》だ」

元之輔は大声で怒鳴り、侍たちの行く手に立って、大手を拡げて立ちはだかった。

「御隠居、お待ちくだされ。拙者も、ご加勢いたす」

田島が血相を変えて駆け付け、元之輔の脇に立った。腰の脇差の柄を掴み、鯉口《こいぐち》を切った。田島の全身から殺気が放たれた。

羽織袴の侍たちは、御隠居と呼ばれる元之輔と供侍田島の登場に、一瞬たじろいだ。

侍たちはどうしようか、と顔を見合わせた。

「田島、相手が手を出すまで、決して手を出してはならぬ。いいな」

元之輔は田島を釣り竿で制しながら、侍たちに向かって言った。

「どこの御家中かは存ぜぬが、なぜ、白昼堂々、大勢の人の面前で、女子を攫《さら》うような真似をする？　わけをいいなさい」

「ご老体、邪魔立てすると、怪我するぞ」

大柄な侍は女を肩に担ぎながら、嘯《うそぶ》いた。ほかの侍たちも、大声で「どけ、どけ」「邪魔だ、どけ」と威嚇《いかく》した。

肩に担がれた女は、身をくねらせて逃げようとしている。

「お助けください。この者たちに手込《てご》めにされてしまいます。……お願いです」

女は身をよじり、元之輔に必死に訴えた。

元之輔は怒りが込み上げてくるのを、じっと抑えた。

「おぬしら、わけは言えぬのか」

「ふん」

大男は鼻の先で笑った。元之輔は声を圧《お》し殺していった。

「では、おぬしら、ただの人攫いと見ていいのだな」

「ぐだぐだ言わずに、そこを退《ど》け」

女を担いだ大男と侍たちは、元之輔を避けて前に進もうとした。

「退かぬ。人攫い、女子を下ろせ」

元之輔は釣り竿を持った手を広げ、侍たちの行く手を塞《ふさ》いだ。侍たちは笑うのをやめ、だんだん殺気立ってきた。

「なんだと、我らを人攫い呼ばわりしおって。無礼な」

「我らをなんだと思っておる」

「そこを退け。退かねば、怪我をするぞ」

侍たちは口々に怒鳴った。

いつの間にか、周囲には野次馬が集まり出していた。野次馬たちの声が聞こえる。

「お、喧嘩だ、喧嘩だ」

「年寄り二人で、大勢の若《わけ》えサムライ相手に喧嘩を売ってるぜ。おもしれえ」

「年寄り、がんばれ！　若えサムライたちをやっちめえ」

野次馬たちは無責任に喧嘩を煽《あお》っている。

元之輔は、両手を広げたまま、大声で言った。

「人攫いを人攫いといって何が悪い。わけがいえぬなら、おぬしら、人攫いだ。即刻、その女子を放して立ち去れい」

「なにい」

侍たちは気色《けしき》ばんだ。

野次馬たちが、元之輔に呼応して大声で叫び出した。

「人攫い、人攫い。女子を放せ」「人攫い、早く女を放せ」「人攫い、女を放して、帰れ帰れ」「帰れ、帰れ」

野次馬たちの中から、女たちの黄色い声も上がりはじめた。

大男と侍たちは、騒ぎが大きくなっていくので、狼狽《うろた》えはじめた。

元之輔は侍たちに、低い声で言った。

「人攫い、これが最後の警告だ。女子を放せ。そうすれば、何もいわずに見逃してやる」

「何をいうか」

「これ以上、騒ぎが大きくなると、町方の出番になるぞ。後ろを見ろ」

元之輔は、野次馬たちの後ろに立った着流しに黒い紋付羽織姿の同心たちに顎をしゃくった。

橋の番方が、喧嘩騒ぎが起こったのに気付いて、町方奉行所の同心に通報したのだ。

町方奉行所の役人たちには、侍を捕まえる権限はないが、「人攫い」となれば、そのまま見逃すわけにはいかない。

同心たちは、じっと事態の成り行きを窺っている。野次馬たちは、役人たちが後ろに控えていると気付くとさらに元気になった。

「人攫い」「人攫い、女を放せ」「女を放せ」「帰れ」「人攫い、帰れ」

野次馬たちは、女も男も、口々に声を張り上げて唱和しはじめた。侍たちと元之輔たちの周囲から罵声《ばせい》を浴びせた。

「おのれ、無礼な」

侍たちは、一層狼狽え出し、完全に浮き足だった。堪《たま》りかねた一人が叫んだ。

「邪魔する者は斬れ」

侍たちは、それを合図に、一斉に刀を抜いた。大男も野次馬たちの動きに気を取られて、元之輔から目を離した。

元之輔は、その一瞬の隙を見逃さなかった。握った釣り竿で、女を担いだ大男の目を打った。大男は、うっと呻き、女を担いだ手を離し、目を覆った。

元之輔は、大男の前に躍り出て、鳩尾《みぞおち》に固い拳を力いっぱい叩き込んだ。大男は前屈みになった。女の軀が大男の肩から滑り落ちた。

元之輔は咄嗟《とっさ》に手を伸ばし、女の軀を抱き留めようとしたが、足が縺れ、女の尻を抱えたまま、一緒に地べたに尻餅をついた。

「あら、いけず」

御高祖頭巾の女は、元之輔の手を払うと立ち上がり、急いで乱れた着物の裾を直した。女は地面に転がっていた懐剣の抜き身に駆け寄って拾い上げた。

元之輔は、田島に引き起こされた。

「御隠居、大丈夫ですか」

田島はにやにや笑っていた。

元之輔は尻に付いた土塊《つちくれ》を叩き落とした。

「いけずのう」

元之輔は苦笑いした。

尻餅をついた時、思わず手で触れた女の柔らかでふくよかな尻の感触を思い出した。いい尻をしている。

怒声が上がった。

「おのれ、おんな、逃げるな」

大男は腹を押さえながら、太い腕を振り回し、女を捕まえようとした。ほかの侍たちも、白刃を振りかざして、御高祖頭巾の女を追った。

御高祖頭巾の女は、懐剣を胸に構えたまま、後退《あとずさ》った。野次馬たちがわっと押し寄せ、御高祖頭巾の女は野次馬たちの中に紛れ込んだ。

野次馬たちからどっと歓声が起こった。

「帰れ、帰れ」「サンピン、帰れ」「人攫いめ、ざまあみろ」「帰りやがれ」

野次馬たちが勝ち誇り、侍たちを遠巻きにして、罵声を浴びせはじめた。大男が刀を振り上げ、野次馬を威嚇した。ほかの侍も刀をきらめかせ、野次馬の群れの中に逃げた御高祖頭巾の女を追おうとした。野次馬たちが野次《やじ》りながら、さっと散って逃げる。

侍たちが追うのをやめると、野次馬たちはじりじりと周囲に集まり出し、「帰れ帰れ」「サンピン帰れ」と野次りはじめた。

「おのれ、無礼者」

侍たちが苛立《いらだ》って、刀を振り上げると、また野次馬たちはさっと四方に散って逃げる。

そのうち、野次馬たちの中から、石が飛びはじめた。

石は元之輔や田島のいるところにも飛んで来る。

「このままでは、収拾がつかなくなりますな」

田島が腕で顔や頭を覆いながら元之輔にいった。元之輔は、仕方ないな、と呟きながら、足元に落ちていた釣り竿を拾い上げ、野次馬たちの前に立った。

「みなの衆、もう喧嘩は終わった。みんな、静かに帰ってくれ。これ以上騒ぎが大きくなると、町方が出て来る。引き揚げてくれ。この通り、頭を下げてお願いいたす」

元之輔は大声で呼び掛け、野次馬たちに深々と頭を下げた。野次馬たちは、突然、元之輔が頭を下げる姿にきょとんとしていた。

元之輔はくるりと振り向き、今度は侍たちに大声で言った。

「おぬしらも、よくあの女子を放してくれた。女子を放した以上、おぬしらのことも不問にいたす。おぬしらも、これ以上騒ぎを大きくせずに、刀を引いて、引き揚げてくれ」

「ならぬ」

大男が顔を真っ赤にさせて怒鳴った。

「おぬしが邪魔したために、折角捕らえた女を逃してしまった。おぬし、許せぬ」

大男は刀を地面に突き立てると、いきなり両手を延ばし、元之輔の両腕を摑んだ。

「御隠居、危ない」田島が叫んだ。

元之輔は咄嗟に大男の手を払い、跳び退いた。釣り竿を大男の顔に突き付けた。大男は釣り竿を払い除けた。瞬間、元之輔は釣り竿を横に払い、大男の喉元を打った。

大男はたじろいだ。

「おのれ、老いぼれ。なめやがって」

「田島、何もするな」

元之輔は釣り竿を構え、悪鬼《あっき》のような顔の大男を睨みながら叫んだ。

田島は脇差の柄に手を掛けたまま動かなかった。

「おのれ、許さぬ」

大男は地面に突き刺した大刀を引き抜き、元之輔に構えた。大男から殺気が迸《ほとばし》った。

野次馬たちも、事態の急変に凍り付いていた。侍たちも、刀の抜き身を構えたまま、動きを止めていた。

「待て待て待てい」

野次馬たちの人垣を割って、いかにも風格のある上士らしい侍がゆっくりと現われた。供侍たちが、その上士の前後左右を護るように固めて歩いて来る。先程、船着場の屋根船に立っていた侍だった。

「笠井《かさい》、待て。引け」

「しかし、大番頭《おおばんがしら》様、こやつが邪魔しなければ」

笠井と呼ばれた大男は、元之輔に大刀を向けたまま呻いた。その声には悔しさが滲み出ていた。

「もういい。今日のところは、引け。命令だ」

大番頭と呼ばれた上士らしい侍は、凛《りん》とした声で命じた。

「………」

笠井は渋々と大刀を引き、腰の鞘に納めた。

野次馬たちは固唾《かたず》を呑んで静まり返っている。野次馬たちは、これから、何が起こるのかと、元之輔や侍たちの動きを見守っていた。

大番頭は静かに言った。

「みな、刀を納めろ」

その一声に、侍たちは一斉に刀を腰の鞘に納めた。いずれも神妙な顔で大番頭を見ていた。

大番頭はかなり地位の高い上士なのだな、と元之輔は思った。大番頭は、かすかに頬を歪め、口元に笑みを浮かべていた。だが、目が冷たく、笑っていなかった。

「おぬし、御隠居と呼ばれていたな」

「さよう。隠居の老いぼれでござる」

「お名前を伺っておこう」

「それがしは、桑原元之輔でござる」

「……おぬしが桑原元之輔か」

大番頭は吐《は》き出すように言うと、口を結び、じろりと元之輔の顔を見た。元之輔は大番頭を見返した。

元之輔は、ならば話が早い、と思った。

大番頭は、江戸家老だったわしの名に聞き覚えがあるというのか？

「で、お手前の名は？」

「名乗るほどの者ではない」

「人に名乗らせておいて名乗らぬとは……」

大番頭は元之輔に全部を言わせずにいった。

「それがしは大前多門《おおまえたもん》と申す」

「どちらの御家中でござるか？」

「それは無用な詮索。こちらも御隠居のいた藩について、あえて訊くつもりはない」

「さようか。では、こちらも訊くまい」

元之輔は胸に不快感が湧くのを覚えた。

おそらく相手はこちらの藩を知っているというのに、自分たちの藩は教えない。

「…………」

大前多門は、大男の笠井たちに、ちらりと目を走らせ、引けと合図した。

侍たちは一斉に動きはじめ、無言のまま、屋根船が待つ船着場に向かって歩き出した。

野次馬たちは、呆気《あっけ》に取られて、野次も飛ばさず、引き揚げる侍たちを見送った。

いつの間にか、船着場には屋根船とは別に、屋形船《やかたぶね》が一艘横付けになっていた。

「では、御免」

大前多門は、元之輔に軽く頭を下げ、くるりと踵《きびす》を返した。船着場に向かう侍たちの後を追って大股で歩きはじめた。護衛の侍たちが油断なく野次馬たちに目を配りながら、静かに大前多門の後に付いていく。

「なんでえ、なんでえ。つまんねえの。これで仕舞いかい」

「ほんと、つまんねえな」

「これから、大喧嘩が始まるんじゃねえか、と思っていたんだがよ。なんでえ、最後は手打ちのしゃんしゃんで終わりかよ」

「尻つぼみの水の泡はねえだろう」

「まったく。馬鹿馬鹿しい」

野次馬たちは、ぶつぶつと元之輔たちに聞こえよがしに文句を言っている。

田島が元之輔の魚籠や餌箱を持って来た。

「あの御高祖頭巾の女子、何の礼も言わずに、消えてしまいましたね」

「そうだのう」

元之輔は顎を撫でた。

田島は付け加えるように言った。

「御高祖頭巾を被っていたので、顔はよく見えなかったですが、頭巾で隠れていない部分の顔は、目鼻立ちが整った綺麗な顔でした。きっと別嬪《べっぴん》さんなのでしょう」

「さようか。別嬪さんだったか。おしいことをしたな」

「何がです？」

「どんな事情があって、あんな目に遭ったのかを女子から聞きたかった。何か深い事情があったのだろうよ」

元之輔は、そう言いながら、手で触った女の尻の感触を思い出していた。そして、いけず、と呼ばれたことも。

その時、ふと首筋に強い視線が当たっているのを感じた。誰かに見られている。

元之輔は、あたりを見回した。視線の主は分からなかった。悪意が籠もった視線ではなかった。御高祖頭巾の女の視線でもない。

野次馬たちは、ぞろぞろ引き揚げはじめている。どうやら視線は、その野次馬たちの中から来ているように思った。やがて、その視線も、野次馬たちと一緒に消えてしまった。

四

桜の季節になった。

雑木林の中に生えた桜の木は、花の蕾を枝一杯に付けている。

元之輔は日課となった素振り千回を終え、ほっと一息ついていた。身のこなしが、往年ほどではないが、だいぶ滑らかになった。

先日の両国橋の広小路で、大男の侍に釣り竿で打ちかかった時、気ばかり焦って、足が縺れていた。危うく体《たい》を崩しかねなかった。大男に摑みかかられた時、避ける身のこなしも危なかった。

あの大男、何と申したかな。たしか笠井と呼ばれていた。笠井という怪物男の力は並はずれていた。やつに摑まれた両腕の痕が赤痣《あかあざ》になって残っていた。やつの鳩尾に、渾身《こんしん》の力を込めて拳を叩き込んだつもりだったが、やつは倒れず、うっと呻いて、まもなく立ち直った。並の男だったら、気絶して昏倒《こんとう》している。

いや、己れの拳がまだ弱かったのかも知れない。以前に比べて、渾身の力を入れたつもりでも、打撃力がないのかも知れない。

稽古不足、体力不足という言葉が頭を過《よぎ》った。年齢相応なのか。

江戸家老時代に、ほとんど稽古をしなかったことが、いまになって響き、本当に足腰が弱くなっているのだ。

ため息をついた。

この二ヵ月、ほぼ毎日、近くの神社の階段を登り下りしたり、腕立て伏せや、屈伸運動をしているうちに、少しは筋肉が付いたらしく、体が前よりは動くようになった。それでもまだ瞬発力は回復していないが、その代わりに、じっくりゆっくりと運動を続けることは出来る。持久力は付いたようにも感じる。

釣瓶《つるべ》井戸で水を汲み上げた。桶《おけ》に水を溜めて、汗をかいた裸身に水をかけた。冷たいが火照った体には快い。乾いた手拭いで雫《しずく》を拭っている時に、田島結之介が現われた。

「御隠居、お客様が御出でです」

客? 隠居してから、初めての客だった。

隠居生活に入ってから、ほぼ二ヵ月になるが、これまで誰も訪ねて来なかった。もっとも、こちらから親しくしている友人知人にしか、隠居の挨拶もしていないし、隠居場所も教えていない。

だから、客が来なくて当然なのだが、それでいて、誰も訪ねて来ないと寂しい思いもある。我ながら勝手なものだと思ってはいる。

「どなたかな?」

「御崎尽兵衛《みさきじんべえ》様です」

御崎尽兵衛?

一呼吸の間《ま》を置いて、元之輔は思い出した。

たしか六年前まで普請組組頭だった男だ。お絹が流行り病で倒れた年のことだから、よく覚えている。御崎尽兵衛は、組頭として何か不始末をしたこともあり、五十五歳になると延長なしに、御役御免になった。

普請組は江戸家老の所管ではないので、元之輔は詳しい人事のことは知らない。不始末が何だったかは聞いたような気がするが、いまとなっては記憶にない。

御崎尽兵衛とは、あまり面識もない。御崎尽兵衛は郷里長坂の藩校の二つほど先輩だったが、一緒に机を並べた記憶はない。道場で何度か稽古仕合いをしたことがあったが、それも遠い過去の話だ。

というのも、元之輔は早くから父親に従って入府し、江戸の学校で学んだり、江戸の道場に通っていた。そのため郷里の友人よりも、旗本の子弟たちの方に友人知己が多かった。そのことが、後には江戸家老や留守居役の仕事に、大いに役立っていた。

「で、用件は？」

「何かお願い事があるとかおっしゃっていました」

「隠居の私に願い事？」

「はい」

いまの隠居の己れには、何の権限も力もない。願い事をされても困まる。

「ともかく、本人に直接お会いして話すと。御崎尽兵衛様は玄関先で待たせるのか、と申されるので、とりあえず座敷に上がっていただきましたが、強引で不遜《ふそん》な御方です」

田島は珍しく不快感を面《おもて》に出して言った。

元之輔は、ようやく御崎尽兵衛の脂《あぶら》ぎった髭面《ひげづら》を思い出した。七、八年前の御崎尽兵衛は自信家で、野心満々の男だった。だが、御役御免になってからの御崎尽兵衛については、何も知らない。

五十五歳を迎えると、通常は御役延長となって、同じ役職を続ける。あるいは平穏に御役御免となり、隠退して隠居になる。

御崎尽兵衛は不始末をしたとして、藩からなんらかのお咎《とが》めがあったとすれば、穏やかに隠居出来たかどうか。御役御免になった後、どんな暮らしをしていたのか。あまりいい暮らし向きではなかったろうことは推察出来る。

そんな御崎尽兵衛の訪問かと思うと、元之輔はやや気が重くなった。

元之輔は手拭いで体を拭き終わり、小袖に腕を通して身仕度を整えた。

「御隠居、お気を付けください」

「……？」

元之輔は田島の顔を見た。

何に気を付けろというのか？

田島は何もいわず目でご用心を、と告げていた。

元之輔はうなずき、木刀を田島に渡し、玄関先に急いだ。田島は台所の裏木戸に姿を消した。

玄関の上がり框《かまち》の前には、泥塗《どろまみ》れで薄汚れた草履《ぞうり》が並んでいた。土間に足洗いの桶が用意してあった。

「おう、桑原、久しぶり。元気そうでなによりだな」

玄関先から見通せる座敷に、髭面の男がでんと座り、親しげに手を上げていた。頬髯や顎鬚にはたくさんの白髭が混じっていた。月代《さかやき》は手入れされておらず、白髪《しらが》混じりの髪がぼうぼうと生《は》えている。髷《まげ》も乱雑に髪をまとめて結っただけだった。

御崎尽兵衛の顔は、かすかにだが記憶していた。

「おぬしが、隠居したと聞いて驚いておったよ。何かしでかしたか、と思うてな。だが、この暮らしぶりを見て、安心した」

「…………」

元之輔は御崎尽兵衛の物言いを聞いて、胸の内にざらりとした不快な気分が湧くのを覚えた。

御崎尽兵衛とは親しく付き合った覚えはない。それなのに、この馴々《なれなれ》しさはなんなのだ？

たしかに郷里長坂の藩校での先輩後輩の間柄としても、一応、礼儀というものがあるのではないか。

御崎尽兵衛は、分厚い座布団に、だらしなく両足を投げ出して座っていた。元之輔が座敷に入って来るのを見て、ようやく足を引っ込め、膝を揃えて座った。

大小の刀は軀の背後に置いてあった。田島に、客が来た時には大小の刀はお預かりするように、と言っておいたのだが、田島は忘れたらしい。

御崎が穿いている袴は薄汚れ、裾は糸がほつれていた。継《つ》ぎ接《は》ぎの跡も隠そうとしていない。小袖も襟は黒々と汚れ、袖口は破れてぼろぼろになっている。汗と埃に塗れた御崎の軀から、獣のような体臭が漂って来る。御崎尽兵衛の身形《みなり》は、人を訪ねる上で、かなり礼を失していた。

元之輔は努めて冷静に、何も見なかったように装い、床の間を背にした席に座った。

「本当にお久しぶりでござった。御崎尽兵衛殿も、お元気そうでなによりです」

「おぬしと最後に会ったのは、奥方が亡くなられた葬儀の席ではなかったかの」

そうか。御崎尽兵衛は、絹の葬儀に来てくれたのか。

元之輔は、葬儀に駆け付けてくれた参列者すべてを覚えているわけではない。悲しみを抑えて、ひたすら頭を下げていたので、ほとんど参列者の顔を見ていない。だが、思い出せば、髭面の男は少なかった。一人か二人だったように思う。記憶を辿《たど》れば、御崎尽兵衛の髭面があったように思えてきた。

御崎尽兵衛は頬髯で隠しているものの、見るからに、げっそりと頬の肉がこそげ落ち、軀も、かすかに覚えている頑強そうな体付きではなかった。よく見ると、御崎尽兵衛の腕や軀の肉も落ち、別人のように痩せ細っていた。

御崎尽兵衛は、その後、だいぶ苦労されたのだな、と元之輔は心の中で思った。

御崎は次の間の仏壇に目をやり、ぼそりと言った。

「今年、七回忌になるのではないか」

「はい。今夏、七回忌を迎えます。その節は、妻絹の葬儀に駆け付けていただき、ありがとうございました」

元之輔は、あらためて感謝し、御崎に頭を下げた。

線香の匂いが漂って来る。いつの間にか、蠟燭《ろうそく》も灯《とも》っていた。田島が点《つ》けたのか。

「おぬしが現われる前に、線香を上げさせてもらった」

「ありがとうございます。奥も喜んでいることでしょう」

元之輔は御崎尽兵衛に、もう一度お礼をいった。

「奥が亡くなると、ほんとうに寂しいものだな。わしも一度ならず、奥の後を追おうと思ったものだ」

「御崎尽兵衛殿も、奥方を亡くされたのですか」

「さよう。六年前のことになる」

「いや、誰にも知らず、お悔やみも申し上げず、失礼いたしました。ご愁傷《しゅうしょう》様でございます」

「いや、誰にも知らせなんだ。家族だけで密葬した。お気遣いなさらぬよう」

「あらためて、奥方様のご冥福を心からお祈りいたします」

元之輔は殊勝《しゅしょう》な気持ちで、また御崎尽兵衛に頭を下げた。

田島が座敷に入って来た。盆に湯呑み茶碗を載せていた。田島は盆を元之輔と御崎の間に置いた。

「粗茶でございますが」

元之輔は御崎に茶を勧め、自らも湯気が立つ湯呑み茶碗を手に取った。

「いや、かたじけない」

田島は口では礼を言ったものの、手を延ばさず、じろりと元之輔の顔を見上げた。

「茶もいいが、少々、御神酒《おみき》を頂けるとありがたいのだが」

元之輔は熱い茶を飲み、湯呑み茶碗を盆に戻した。田島がいかがいたしますか、と目で言った。元之輔はうなずいた。

「では、ただいま、お酒をお持ちいたします」

田島は二人に頭を下げ、そそくさと台所へ退いた。

御崎は首の後ろをぼりぼり掻いた。

「いやあ、このところ、御酒《ごしゅ》を頂く機会がなかなかなくなり申してな。貴殿と久しぶりにお会いするので、お酒を一本提げて来ようと思ったのだが、来る途中、生憎《あいにく》酒屋が見つからなかったものでな」

御崎は言い訳がましく言い、今度は膝のあたりをぽりぽり掻いた。元之輔は、御崎には土産の酒を買う金がないのだな、と推察した。

「さようでしたか。このあたりは深川といっても外《はず》れの田舎ですからな。酒屋などもほとんどござらぬ。どうぞ、お気遣いなさらぬよう」

元之輔の家に来る途中には何軒も酒屋があるのだが、それは口には出さなかった。

「ところで、御崎殿は、それがしが隠居して、こちらに居ることを、よくご存知ですな。どうやって、お知りになられたのですか」

江戸藩邸の者でも、元之輔が江戸家老職を辞して隠居したことは知っていても、隠居宅がどこにあるかまでは、あまり知られていない。知っているのは、新しい江戸家老や、その側用人、詰め所の事務方ぐらいのものだった。

「ははは。それがし、藩から縁を切られ、在所には居られなくなったとしても、江戸藩邸には、まだ、昔世話した者とか、いろいろ知己がおってな。それとなく、酒飲み話で藩邸内の様子は洩れ伝わって来る。それで、おぬしの隠居した話を聞き込んだのだ」

羽前長坂藩の藩邸は、上屋敷、中屋敷、下屋敷のほかにも、蔵屋敷、深川屋敷など何ヵ所もある。おそらく御崎は、居酒屋かどこかで、藩邸に出入りする折助《おりすけ》からでも、元之輔についての噂話を聞いたのだろう。

御崎が、昔世話した者とか言っているから、あるいは、かつての普請組にいた部下だった者で、江戸に詰めている者から話を聞いたのかも知れない。

「お待たせしました」

田島と下女のお済が、箱膳を捧げ持って、座敷に入って来た。

元之輔と御崎のそれぞれの前に箱膳が並べられた。膳には、お銚子と盃だけでなく、青菜の煮物の鉢、白菜漬の小鉢、焼き魚の皿が配されていた。

田島とお済が座敷から出るのも待たず、御崎はさっとお銚子に手を延ばした。

「まずは、一杯」

御崎はお銚子の首を摘み、元之輔に差し出した。元之輔は苦笑し、盃で酒を受けた。

元之輔がお銚子を摑み、御崎に差し出そうとすると、御崎は手酌で、自分の盃に酒を注いでいた。

「では、再会を祝して」

御崎は盃をかかげ、元之輔の盃に形だけ合わせ、くいっと盃をあおった。

「手酌で失礼いたす」

御崎は、すぐさま盃に手酌で酒を満たし、またくいっと飲み干した。

「駆け付け三杯と申しますからな」

御崎は、言い訳をし、三杯目も先に飲んだ。

「ううむ。旨い。さすが、郷里長坂の酒だ。空き腹には酒がよう効く」

御崎は腹をさすりながら、一人感激したように言った。それから、焼き魚を手で摘み、頭からむしゃむしゃと食べた。食べ終わると、汚れた指を舌で舐めて拭った。

御崎は、元之輔が見ていると分かると、照れたように髭面を歪めて笑った。

「いやあ、今朝から何かと用があって、ろくに食べておらなんだのでな」

元之輔は、御崎尽兵衛の不作法に、いささかげんなりしたが、我慢して言った。

「ところで、御崎さん、本日何か御用があって、御出でになったのではありませぬか」

「おう。そうそう。そうであった」

御崎は、盃を膳に戻した。背筋をぴんと伸ばし、座り直した。袖で口元の髭についた汚れを拭った。

「本日、こちらを伺ったのは、一つお願いがあってのことでござる」

「お願いされても、それがしは、隠居の身。お役に立てるかどうか」

「御崎尽兵衛、一生のお願いでござる。金を貸していただけまいか」

御崎尽兵衛は、両手を膝に載せ、元之輔に頭を下げた。

元之輔は戸惑った。突然に金を貸せと言われても、なんとも応えようがない。

「いかほど……」

「百両、いや五十両でもいい。お願いいたす」

「無理でござる。それがし、いまは隠居の身。そのような大金は持ち合わせがない」

「持ち合わせがないだと。江戸家老と留守居役という重職を務めた家禄千石取りのお手前が、五十両も持っておらん、というのか」

御崎尽兵衛は、猛々《たけだけ》しく息巻いた。

台所との間の障子が音もなく開き、すっと田島が膝行《しっこう》して座敷に入った。脇に大刀を置いている。万が一、御崎が元之輔を襲ったら、と田島は警戒している。

元之輔は、ちらりと田島に目を向け、大丈夫だ、心配するなとうなずいた。田島は目で承知とうなずき返した。

御崎尽兵衛は、お銚子を鷲摑みすると、口を付け、中に残っている酒をぐいぐいと干し上げた。次いで、元之輔の膳の上のお銚子を摑み、口を付けて、あおるように酒を飲む。

元之輔は腕組みをし、じっと御崎尽兵衛の興奮が収まるのを待った。酒を飲み干した御崎は、袖で口元を拭い、元之輔をぎろりと睨んだ。猜疑に満ちた目だった。

「おぬし、御上の寵愛《ちょうあい》を受け、こんな隠居屋敷まで貰っている。そのおぬしが、百両、五十両程度の金も持ち合わせていない、とは笑止千万」

「無いものは無い」

「嘘をつけ。どこかに大金を隠し持っているだろう」

「嘘はつかぬ。大金を隠していると思うのだったら、家探《やさが》しをしてみろ」

元之輔はだんだんと腹が立って来た。

「ふん。上士の身分でもないおぬしが、こんな贅沢な隠居生活を送れるのは、御上から寵愛されておるからだろう」

「誰に聞いたか知らぬが、この屋敷はそれがしが江戸家老、留守居役として長年勤めた功労が認められ、御上から頂いた報奨だ。それがし、何も恥じることはない。それがしは、過分なる報奨だとは思ったが、御上のご好意として、ありがたく頂戴した。それがなぜ悪い？　報奨を頂いたそれがしへの嫉《そね》みだ。そんな噂を信じるのが悪い」

御崎尽兵衛は、白菜の漬物を口に放り込み、くちゃくちゃと音を立てながら嚙んだ。

「聞いておるぞ。おぬしは、江戸家老や留守居役をしている時に、密かに巨額の蓄財をしたと」

「誰から、そんな讒言《ざんげん》を聞いた？」

「讒言だと？　ふん。江戸藩邸の連中から聞いた。おぬしは、清廉潔白を装っているが、御上に内緒で出入りの業者から賄賂《わいろ》を受けたり、幕閣への取次ぎを仲介して、並の手数料以外に、ごっそりと見返りの裏金を戴き、私腹を肥やしておると」

「誰が、そんなことを申しておる？」

元之輔は腕組みをし、心を落ち着かせて、湧き上がる怒りを抑えた。

「誰とは言わん。もっぱらの噂だ」

御崎尽兵衛は落ち着きなく、元之輔と目を合わせることもなく、顔を逸《そ》らせていた。

「そんな讒言を真に受けたのか」

元之輔は藩邸の中で、そんな噂が流れているのか、と心配にもなってきた。

御崎は、空《から》の銚子を摘んで振った。元之輔は、気付かない振りをしていた。田島も正座したまま、動かなかった。

御崎は酒の追加はない、と諦め、しんみりとした声で哀願した。

「ともあれ、金が必要なのだ。本当に手持ちの金子《きんす》はないのか」

「ない」

元之輔はすげなく言った。

もし、金があっても、おぬしに貸す金はない、という文句は呑み込んだ。

「三十両、いや二十両でもいいのだが」

元之輔は苛々しながら答えた。

「しつこい。ないものはない」

「ともかく、二十両ないと、十三歳の娘が身売りせねばならなくなるんだ」

御崎はしんみりと言った。

娘が身売りせねばならない？　今度は泣き落としにかけようというのか。

元之輔は御崎にはうんざりしはじめていた。

「御崎さん、急《せ》かして悪いが、隠居のそれがしにもやることがある。そろそろ帰っていただけないか？」

「どうしても、二十両が欲しい。本日はないとして、日をあらためて参ったら、お願い出来まいか？　これこの通りだ」

御崎は素早く座布団から下り、元之輔の前に両手をつき、額を畳に擦り付けるようにして平伏した。

元之輔は、田島と顔を見合わせた。

田島は頭を横に振った。

「御崎さん、どうか、顔を上げてくだされ。もう一度、申し上げる。ない袖は振れない。それがしには、裏金などない。蓄財もまったくない。どうか、ほかをあたってほしい」

御崎は顔を伏せたまま言った。

「二十両でござる。それがないと……」

「二十両といえば、それがしにとっても大金。とても、すぐに用立てることが出来る金額ではない」

「……そうですか。二十両でも、お借り出来ませんか」

御崎はようやく顔を上げた。

正直言って、二十両なら、誠衛門のところに行って、用立ててもらうことは出来そうだったが、それを口にしたら、きっと御崎は図に乗ってくるだろう。元之輔は、黙っていた。

「分かりました。ご馳走になりました。かたじけない。本日は、これで失礼いたします」

御崎はのろのろと立ち上がった。背後の大小を抱えると、元之輔に深々と頭を下げた。

元之輔は見送りに立った。

田島も素早く玄関に先回りし、草履を揃えた。

御崎は上がり框から土間に下り、草履を履いた。御崎は、ぼそぼそと何事か独りごちたが、元之輔には何を言っているのか、聞こえなかった。

御崎は背を丸め、急に老け込んだ顔になっていた。ぎごちなく腰に大小を挟み込み、元之輔を振り向いた。

「本日は、本当に失礼いたした。また日をあらためてお伺いいたす。では、これで」

御崎はまた頭を深々と下げた。元之輔は会釈を返した。

「お構いもせず……」

御崎は元之輔の言葉も聞かず、踵を返して出て行った。田島が御崎の後に付き、外に出て見送った。

元之輔は、上がり框に立ち、とぼとぼと頼りなく歩き去る御崎の後ろ姿を見送った。

二十両ないと、娘が身売りせねばならなくなる？　御崎の言葉が刺となって、元之輔の心に突き刺さっていた。

いったい、どういうことなのか？

御崎は、手練手管《てれんてくだ》を弄して、元之輔から、金を借り出そうとした。借金といっても、あの身形を見れば、借りた金を返すあてなどないだろう。娘の話も、金を借り出すための作り話かも知れない。だが、娘のことを話した時だけ、妙に御崎尽兵衛は口籠もり、しんみりしていた。それが演技だとは、元之輔には思えなかった。

御崎尽兵衛の家族の事情を調べた方がよさそうだな、と元之輔は思った。

戻ってきた田島が笑いながら言った。

「御隠居、塩を撒きますか？」

「いや。いい。疫病神も神様のうちだ」

「しかし、御隠居、御崎は、帰り際、草履を履きながら、ぼそぼそと妙なことを口走っていました」

「なんだと言っていた？」

「こうなったら、辻斬りでもやるしかない、と呟いておりました」

「辻斬りをやるだと？」

最近、江戸市内の各所で辻斬り強盗の被害が相次いでいた。その辻斬りの腕前は、かなりの剣の遣い手だと噂されている。

「まさか。ただ、ぼそりと呟いただけで、聞こえよがしに、ぼやいたんじゃないですかね」

「ならばいいが」

元之輔は腕組みをし、庭を睨んだ。

ふと思い出した。御崎尽兵衛は、かつて若かったころ、藩道場の代表として御前仕合いに出て、優勝したことがあった。記憶が正しければ、その功もあって普請組に上げられ、後には組頭になった。藩道場で剣を習ったとすれば、神道無念流《しんとうむねんりゅう》の遣い手だ。昔取った杵柄は、老いても忘れない。己れのことを振り返っても、鍛練さえ重ねれば、昔の技量をかなり取り戻せる。衰えたとはいえ、御崎尽兵衛は侮《あなど》れない剣の遣い手かも知れない。

二十両を都合してやらなかったために、御崎尽兵衛が辻斬りになったとしたら……。

元之輔は、御崎尽兵衛が道を外れることがないよう祈るばかりだった。

五

翌々日の夕方、元之輔と田島が川釣りから戻って来ると、見計らったかのように、見知らぬ顔の客が菓子折を持って現われた。

玄関先で応対した田島が居間に戻り、横になって寛《くつろ》いでいた元之輔に「お客様です」と告げた。

「どなたかな」

「扇屋《おうぎや》伝兵衛《でんべえ》と申される商家の方です」

「何の用かな」

「折入って、ご相談をと申されています。なお、これをご仏前へお供えくださいとのことです」

田島は菓子折の箱を出した。浅草《あさくさ》名物の饅頭の詰め合せだった。

元之輔は念のため、菓子折を手に持って重さを確かめた。田島がうなずいていった。

「御隠居、大丈夫です。普通の菓子折です」

江戸家老だった時、よく菓子折に金子を詰めて持参する業者がいた。確かめないで受け取ると、後が面倒なことになる。

「うむ。では、上がってもらえ」

元之輔は起き上がり、着物の乱れを整え、帯を締め直した。

床の間の前の座に座ると、田島に案内された丸顔の町人が座敷の隅に座り、慇懃《いんぎん》に頭を下げた。

「御隠居様にはお初にお目にかかります。私は扇屋伝兵衛と申します。どうぞ、お見知り置きください」

扇屋伝兵衛と名乗った男は、小太りだが、しっかりした体幹をしていた。狸を思わせる愛敬のある丸顔で、眉が太くて濃く、黒々としている。赤みを帯びた団子鼻の上に、大きな団栗眼《どんぐりまなこ》が並んでいた。

「そこに居ては、遠くて話しにくい。遠慮せずに、もそっと近寄ってくだされ」

元之輔は手招きし、伝兵衛を向かいの座布団に座るように示した。伝兵衛は膝行し、元之輔の前まで近寄ったが、座布団に座らなかった。

「もそっと近くに」

「いえ。私はここで十分でございます」

伝兵衛は畳に正座して答えた。

「それがしは、ただの隠居、そう遠慮されると困ってしまうが」

「いいえ、遠慮ではありません。お気遣いご無用にございます」

元之輔は座敷の隅に座った田島の顔を見た。田島は小さくうなずいた。

元之輔は扇屋伝兵衛の狸顔を真直ぐに見つめた。

「それで扇屋伝兵衛さん、何の相談でござるかな」

「ご相談と申しますのは、御隠居様に、あるお仕事をお願い出来ないかという相談にございます」

「それがしに、仕事をしろ、と申すのか」

「はい。羽前長坂藩の藩邸にあたり、御隠居様について、失礼ながら、いろいろと調べさせていただきました」

「ほう。何について調べたのかな」

「御隠居様の人となり、お考えと行状についてでございます」

「要するに身元調査をしたということだな」

「明け透けに申しますと、そういうことになりましょう。どうか、お気を悪くなさらないでくださいませ」

「なぜ、それがしについて、調べたのか？」

元之輔は内心、少し不快に感じた。了承も得ずに、人の身元や行状、考え方を調べるとは、失礼極まりない。

「実は、先日、私、たまたま差しかかった両国橋の広小路で、あわや大騒動になりかねない大喧嘩を拝見いたしました」

「おう。あの時、おぬしもあの場におったのか？」

「はい。野次馬に紛れ込んで、高見の見物をしておりました」

「それで？」

「そこで、御隠居様の見事な仲裁ぶりを拝見した次第です。もし、あそこで、御隠居様が仲裁に入らなかったら、収拾の付かない大喧嘩になり、怪我人が続出し、死人も出たに相違ありません。御隠居様は、並々ならぬ手捌きで、騒ぎを丸く収めた。騒ぎをどうやって治めようかと悩んでいた奉行所の同心たちも、みな、御隠居様が騒ぎを手際よく治めたのに対して感心しておりました」

「うむ。そうかのう」

元之輔は誉められて満更でもなかった。誉められたいと思ってやったことではないので、人に誉められると思わず嬉しくなる。我ながら、自分はまるで幼児のように単純な男だな、と少し恥ずかしくなった。

「その時の御隠居様の、泰然自若《たいぜんじじゃく》とした、堂々たる態度、気高い風格、剣を取ったら、天下無敵」

元之輔はお尻が痒くなった。

「あの時は釣り竿だったが」

「はい、そうでしたね。でも、あの細い釣り竿で、大男の侍を制した。私は、御隠居様のお姿を見て、感激いたしました」

「お世辞は、そのくらいにしてくれ。尻がもぞもぞしてくる。それが、おぬしの願い事とどういう関係があるのだ？」

「御隠居様に、警護役をお願い出来ないか、と」

「警護役だと？」

元之輔は訝《いぶか》った。

「つまり、平たくいえば、用心棒でございます」

「それがしに用心棒をしろ、と申すのか」

意外な提案に、元之輔は驚いた。田島は部屋の隅で笑いを堪《こら》えている。

「はい。御隠居用心棒でございます」

元之輔は戸惑った。

「いったい、誰の用心棒になれ、と申すのだ?」

「はい。それは、いろいろです。風格があって、気品があり、剣の腕も立つ。それは、口入れ屋のわたくし、扇屋伝兵衛にお任せください。必ず、御隠居様にふさわしい仕事を紹介いたします」

「そう言われてもな」

「当然、お金にもなります」

「どのくらいの金になるというのだ?」

「いろいろ条件によって変わりますが、危険な仕事の場合ですと、一件あたり百両ぐらいにはなるかと」

「百両」

元之輔は田島と顔を見合わせた。

御隠居用心棒か。日頃の無聊《ぶりょう》を慰めることにもなろう。危険な仕事も、面白い。すぐに御崎尽兵衛のことが頭に浮かんだ。あやつ、二十両と言っていたな。もし、用心棒で金が稼げるなら、二十両を工面してやるのも不可能ではない。元之輔は扇屋伝兵衛の顔を見ながら、やってみるか、と心に思った。

第二章　質屋大舘屋《おおだてや》の憂鬱《ゆううつ》

一

霧のような雨が庭の樹木の葉を濡らしていた。風はなく、あたりはひっそりと静まり返っている。林を賑わせる小鳥たちの姿もない。

物音がすべて雨に呑まれてしまっていた。

隠居屋敷の廊下に座った桑原元之輔は、短いキセルを燻《くゆ》らせながら、霧雨《きりさめ》に煙る庭を眺めていた。

御崎尽兵衛が訪ねて来てから、十日が過ぎた。

二十両、どうしても必要だ、日をあらためて、またお願いに来ると言っていたが、御崎は姿を現わさなかった。二十両ないと、十三歳の娘が借金の形《かた》に身売りすることになる、と言い残して帰った。

そうは言われても、尽兵衛の娘御とは面識もないし、どんな娘御かも知らない。その娘御が、二十両がないと身売りされる、と言われても、わしには関わりないことだ、と突き放すことは出来る。

御崎尽兵衛の不幸は、彼自身が撒いた種だ、己れが撒いた種は、己れが刈れ、自己責任だ、と言って、傍観することは出来る。

だが……。

たしかに自分には関わりないことだが、二十両ぐらいなら、息子の誠衛門に頼んでも、なんとか都合をつけることが出来るだろう。なのに金はないと、御崎の頼みを拒んでしまったのは、どうも寝覚めが悪い。

どうしたものか。

己れは、いつから他人の不幸を見ても、素知らぬ顔が出来るような人間になったのか、という罪悪感も出てくる。初めから御崎尽兵衛の窮状を知らなかったのなら、仕方がないが、窮状を聞いてしまった後で、なお知らぬ顔をして気が済むものではない。

昔、若いころ、藩校で儒学の先生から、「他人の不幸の上に、己れの幸せを作るなかれ」という教えを受けた。

その言葉は、終生忘れない。還暦の身になっても、心のどこかに、その言葉が息づいている。

霧雨は、なおもしっとりと降り続いている。

元之輔の心のような雲はどんよりとして、重くのしかかってくる。あたりに薄暮《はくぼ》も忍び寄りはじめていた。

元之輔はため息をついた。

もし、己れが御崎尽兵衛と同じような窮地に立ったら、どうするか。もし、娘の志乃を女郎屋に売らねばならぬとなったら……。

いやいや、娘をそんな目には絶対に遭わせはすまい。死に物狂いで金策しよう。場合によっては、娘のためなら、押し込み強盗や辻斬り強盗もやりかねない。

己れでも、そう考えるのだから、尽兵衛が帰りがけに、ふと洩らした「辻斬りをやっても」という独り言は、本音かもしれない。尽兵衛はかなり切羽《せっぱ》詰まっている。

元之輔はキセルをすぱすぱと吸った。莨《たばこ》の煙は出なかった。

人生は流転《るてん》する。御崎尽兵衛の姿は、明日の我が身かも知れない。

元之輔はキセルの首を掌にあて、火皿の残り灰を地面に落とした。

どうしたものか。

空《あ》いた火皿に、また莨を詰めて、火種に押しつけた。キセルを吸い、莨の煙を肺に送り込む。

なぜ、御崎尽兵衛のことが、これほどまでに気にかかるのか。元之輔自身もよく分からない。おそらく同じ隠居の身でありながら、己れは倹しくも悠々自適な生活なのに比し、御崎尽兵衛のそれは、あまりにも惨めに見えた。少しでも尽兵衛を不遇な人生から抜け出せるよう手助けすることは出来ないのか。己れの幸せの一部でも分けてやりたい、と思ってしまうのだ。

元之輔はまたため息をついた。

なによりも、親の借金のため、身売りせねばならない、十三歳の娘御が可哀相でならなかった。尽兵衛の奥方は六年前に亡くなったと聞いた。気の毒ではあるが、尽兵衛は、いつまでも悔やんでいても始まらないだろう。男手一つで娘を育てるのは、想像だに出来ないものの、これまでたいへんだったろうと思う。

それでも、六年の歳月が流れ、ようやく娘御は十三歳まで成長した。尽兵衛は隠居になった身で、よくぞ娘御を……。

待てよ、と思い止《とど》まった。変だな。

御崎尽兵衛は、たしか自分よりも二つ上で、還暦過ぎの六十二歳。身売りされそうな娘御は、十三歳。尽兵衛の娘としては、あまりに年が離れている。

記憶が朧《おぼろ》げだが、御崎尽兵衛の死んだ奥方は、地元長坂の有力者の娘で、尽兵衛とあまり変わらぬ年回りだった。奥方は、五十歳近くで娘を産んだというのか？

あるいは、御崎尽兵衛には、誠衛門とほぼ同年輩になる三十路《みそじ》の嫡子《ちゃくし》がいた。その嫡子の娘、つまり孫娘ではないのか。その孫娘が、なぜ、在所ではなく、江戸にいて、尽兵衛と暮らしているのか？　何か複雑な事情がありそうだな、と思った。

元之輔はキセルを手にしたまま、乳色に霞む霧雨に目を凝らした。

雑木林の中を抜ける道に、番傘を差した人影が現われた。霧雨の中、ぼんやりとした番傘の人影は、だんだんとこちらに近付き、姿形がはっきりして来た。

番傘はやがて生け垣の木戸の前に立った。若党の田島結之介だった。

田島は廊下にいる元之輔を認めると、木戸を開けながら、軽く会釈した。

「ただいま帰りました」

「雨のなか、ご苦労だった」

元之輔は笑顔で迎えた。

田島は玄関先で番傘を畳んで、二、三度番傘を振り、水気を払った。上がり框に腰を下ろし、雑巾で足の汚れを拭う。

「誠衛門は、何か申しておったか？」

「たまには、御隠居が上屋敷の方に顔を見せに御出でくださいい、とおっしゃってました」

「うむ。しばらく藩邸には顔を出していないからな」

元之輔は、またキセルの首を叩き、火皿の灰を落とした。

隠退してから二ヵ月近くになるが、藩邸内の誠衛門の小屋敷には顔を出していない。

藩邸では元之輔はすでに用済みの過去の人だ。みんないい顔をしない。なかには露骨《ろこつ》に迷惑そうな顔をする者もいる。一度、そんな目に遭ってから、すっかり藩邸への足は遠退いていた。

息子夫婦と孫は藩邸内の小屋敷に移り住んでいる。だから、息子たちの屋敷に行けばいいのだが、藩邸の門前で門番に止められる。規則だからと、訪問者名簿に記帳するように言われる。記帳しなければ中に入れてくれない。それを考えるだけで、藩邸に寄る気力が失せるのだ。

田島結之介は、廊下に座った元之輔の傍に膝を寄せた。

「御隠居、御崎尽兵衛殿について、だいぶ、いろんなことが判りましたぞ」

元之輔は、先に誠衛門に手紙を送り、御崎尽兵衛について調べてくれ、と依頼しておいた。

「そうか。ここは雨が吹き込む。座敷に入り、茶でも飲みながら話を聞こう」

元之輔は立ち上がり、台所に「おい、茶を頼む」と大声で言った。はーい、ただいま、とお済の声が返った。

元之輔は居間に入り、床の間の前に座った。田島は座敷の障子を閉め、そそくさと元之輔の前に膝行した。

「そもそも、話は十年前になります」

田島は盆に湯呑み茶碗を戻し、静かに話しはじめた。

十年前、江戸下屋敷の改修普請が行なわれた。その際、御崎尽兵衛は、普請奉行の堀田蔵之典《ほったくらのすけ》とともに江戸に入り、普請組組頭として普請の陣頭指揮を執った。普請は難航し、納期がだいぶ遅れた。

その時、御崎は普請を請け負った業者たちから、遅れたお詫びにと出されたなにがしかの金品を受け取り、己れの懐に入れた。御崎はそのことを上司の普請奉行堀田蔵之典に内緒にしていた。

それが露見したのは、いまから八年前のことだった。普請奉行堀田蔵之典は普請を請け負った業者の一人から、普請組組頭の御崎尽兵衛に、付け届けの金品を贈ったという話を聞き付けた。

堀田蔵之典は普請奉行の自分を差し置いて、御崎尽兵衛が業者から賄賂を取ったとして激怒した。直ちに目付の真下卯衛門《ましもうえもん》に、下屋敷改修において、業者から御崎尽兵衛が不法な収賄をしていると告発した。

目付の真下卯衛門は告発を受けて動いた。

だが、調べると御崎尽兵衛が収賄した額は、微々たるものだと判明した。しかし、少額といえど、賄賂は賄賂である。

目付の調べに、御崎尽兵衛は収賄の事実を認め、普請組組頭を引責辞任したいと申し出た。

目付は事と次第を家老会議に報告した。

家老たちは御崎尽兵衛の罪状を詮議したが、この程度の金品の授受は賄賂にあたらず、仕事を円滑に進める上でよくある袖の下だとして、処分するほどの科《とが》ではないとした。

告発した普請奉行堀田は、御崎尽兵衛に面子《めんつ》を潰された上に、さらに家老会議で面目を失い、引っ込みがつかなくなった。

堀田は、筆頭家老土屋権之助《つちやごんのすけ》に直訴した。もし、御崎尽兵衛になんらの処分も出さねば、藩の秩序を危うくすると諫言《かんげん》した。

袖の下にせよ、心付けにせよ、少額の金品なら受け取ってもよしとしたなら、それが前例になり、堂々と袖の下という賄賂が罷《まか》り通ることになる。いかに堅固な堤《つつみ》も小さな一穴《いっけつ》から崩壊いたす。ここは小さな賄賂でも許さず、藩として厳正なる姿勢を見せ、信賞必罰《しんしょうひつばつ》にすべしと強硬に主張した。

元之輔は、お茶を飲み終え、盆に茶碗を戻した。

「うむ。堀田殿は、頑固一徹で融通が利かない御仁《ごじん》だからな。言いそうなことだ。それに、堀田殿は筆頭家老の土屋様の派閥に属している。だから、土屋様も子分の堀田殿に泣きつかれると、黙って見過ごすわけにいかなくなるな」

「そうなのです。これで事態はややこしくなります」

弱った筆頭家老はやむなく、御崎尽兵衛の袖の下を受けた一件を、不届き千万な「不始末」として訓戒処分を科した。

今度は、それに対して、大目付の道原大膳《みちはらたいぜん》から異論が出た。御崎尽兵衛の不始末を見逃した普請奉行堀田蔵之典にも責任がある。普請奉行堀田蔵之典の責任を問うことなしに、御崎尽兵衛だけを処罰しては、片手落ちになる。

元之輔は笑った。

「それは、いかにも正論に聞こえるが、大目付の道原家は、たしか御崎家とは縁戚関係にあったと思う。だから、黙ってはおられなかったのだろう」

「はい。御崎尽兵衛殿は婿養子で、道原家の血筋ではありませんが、尽兵衛殿の奥方様が黙っていなかったらしいのです。奥方様は、道原大膳殿に談判したそうなのです」

大目付の建議により、再度開かれた家老会議の結果、堀田蔵之典にも普請奉行として、監督不行き届きという訓戒処分が下りた。さらに普請奉行から、格下の武具奉行に左遷された。

こうなると御崎尽兵衛への処分も、ほぼ同等の厳しいものにならざるを得なくなった。御崎尽兵衛の御役延長は取り消され、即刻隠退し、隠居するように命じられた。

御崎尽兵衛は家督を総領の息子に譲り、それが藩に認められると、隠居生活に入ることになった。

「ところが、そこでまた問題が起こったのです。尽兵衛殿の奥方様が怒った。尽兵衛殿は家禄百石の御崎家に婿養子に迎えられた男でした。御崎家の当主になった尽兵衛殿は、馬廻り組小頭、江戸詰めの武具頭などになり、順調に出世して家禄を増やした。

普請組組頭になった時には、役料の二十石を含め、御崎家は二百石取りになっていた。それで奥方もいい婿殿を迎えたと満足していた」

「うむ」

「それが不始末の処分を受け、普請組組頭を辞任したため、まず役料二十石がなくなった。それだけでなく、役が替わる度に加増された家禄のほとんどを減らされ、当初の家禄百石に戻されてしまったのです」

元之輔は事情こそ違うが、江戸家老を辞めて、千石取りから一挙に三百石取りになった時の悲哀と落胆を思い出した。尽兵衛も同じ思いを味わったに違いない。

「奥方は息子が家督を継ぐことが決まると、隠居の尽兵衛殿を責めた。こんな不始末を起こす亭主とは縁を切ると息巻いて、ついには尽兵衛殿と離縁し、追い出してしまったのです」

「なんとも厳しい奥方だな」

元之輔は呻くようにいった。田島が急須の茶を元之輔の茶碗に注ぎながら言った。

「ですが、奥方様が怒ったのも無理のない話なんです。尽兵衛殿は御役目で江戸藩邸に詰めているうちに、深川の小料理屋の仲居の女と懇《ねんご》ろになったのです。そして、その仲居との間に子までを作った」

元之輔は合点《がてん》がいった。

「……それが、尽兵衛のいう十三歳の娘なのか？」

「そういうことです。奥方様はうすうす、江戸に女や子どもがいると気付いていたんです。だから、そんな亭主は江戸の女にくれてやると離縁して追い出した」

「なるほど。それは尽兵衛が悪いな」

元之輔は頭を振った。

「ですから、尽兵衛殿は御崎家と縁がなくなると、晴れて自由の身になり、江戸の女のところに転がり込んだというわけです。だが、いい時は長くは続かなかった。恋女房が娘を置いて突然亡くなってしまった」

「六年前に亡くなった奥方というのは、在所の御崎家の奥方ではなく、江戸の恋女房だったのか」

「そういうことです」

元之輔は、急に尽兵衛が哀れに思えた。連れ合いを亡くした悲哀は、その当人でなければ判らない。

「その女の名前や素性は分かっているのか？」

「調書によると、名前はお厘《りん》。享年三十三。信州《しんしゅう》から出て来た女で、深川の小料理屋『秋月《しゅうげつ》』で仲居をしていたとのことです」

「娘の名は？」

「そこまでは調べてなかったようです」

「そうか。当時、そんなごたごたがあったのか」

元之輔は腕組みをし、考え込んだ。

田島はしんみりとした口調でいった。

「御隠居は、そのころ、奥様を亡くされて、たいへんでしたから、藩内に、そんなごたごたがあったとは、お気付きにならなかったでしょう」

御崎尽兵衛の件が露見したその年は、御上が大勢の家臣を引き連れ、在所長坂にお戻りになった。江戸家老の元之輔は留守居役として、幕府や他藩との交渉に追われていた。

私事では妻のお絹が流行り病に倒れ、元之輔は妻の看病にも気を使わねばならなかった。

在所で御崎尽兵衛が不始末を理由に処分を受けたことなど、たとえ耳にしても、心ここにあらずだったので、聞き流していたと思う。

六年前……。

そうだ、お絹が息を引き取った年だ。

元之輔は、この六年間心の奥底に封印していた水のように透明な哀しみが堰《せき》を切ったように溢れ出すのを覚えた。

お絹は最期に体を仰け反らせ、大きく息を吸おうとした。そして、息を止めた。

一瞬、寝間に静寂が流れた。

「ご臨終です」

蘭医の声が虚しく響いた。

元之輔はお絹の手を握っていた。手から力が抜けていくのを感じた。

元之輔の髪を、ふっと風が撫でたように感じた。元之輔は顔を上げた。気配は消えていた。

……逝ったか。

周囲に嗚咽《おえつ》の声が響いた。

元之輔は白布に水を湿らせ、お絹の口に末期《まつご》の水を取らせた。

お絹は目を開いたまま、じっと中空を見つめていた。

元之輔は、静かにお絹の目に手を伸ばし、指でそっと両の目蓋《まぶた》を閉じた。お絹の目尻から涙が一筋流れ落ちた。

これまで、本当にありがとう。

心の中でお絹に礼を言った。

涙は出なかった。泣いてはいけない、と自分を戒《いまし》めていた。傍らの誠衛門は膝の上の両手を固く握り締め、泣くのを堪えていた。新造の晴江《はるえ》は、膝に抱いた赤子の嘉丸《よしまる》の体に顔を伏せて嗚咽していた。嘉丸が晴江の顔を嫌がりながらむずかった。

庭に蟬時雨《せみしぐれ》が響いていた。夏の暑い日だった。


元之輔は物思いから、我に返った。

「………」

田島結之介は黙って急須を傾け、元之輔の湯呑み茶碗にお茶を注いだ。

熱い茶をゆっくりと飲んだ。心に押し寄せた哀惜をようやく押し鎮《しず》めた。

「御隠居、お酒をお持ちしましょうか。こんな鬱陶《うっとう》しい雨の日は、お酒が一番かと」

田島が元之輔の顔を見ながら言った。

元之輔はそっと隣室の仏壇に目をやった。灯明《とうみょう》の炎がかすかに揺らめいた。

元之輔はうなずいた。

「酒か。いいな。酒を飲むか」

「では、ただいま、お酒をご用意します」

田島は立ち、台所に行った。

「熱燗にしてくれ」

元之輔は田島に声をかけ、目尻に溜った涙を指で拭った。

二

二人は差しつ差されつ、四方山《よもやま》話《ばなし》に花を咲かせながら、盃を交わした。

気が付けば、霧雨は上がり、陽も沈んだらしく、あたりは薄暮に覆われている。

座敷には行灯《あんどん》の淡い明かりが灯され、ほんのりと二人の影を障子に伸ばしていた。

熱燗の酒は、いつしか元之輔の胸のうちに抱えた暗愁《あんしゅう》を溶かしていた。

元之輔は隣の部屋の仏壇の前に座り、消えかかった蠟燭を取り替えて、新しい灯明に火を灯した。お絹の位牌に目を凝らし、両手を合わせた。

居間に戻って座り直し、田島に言った。

「どうだろう、御崎尽兵衛のため、いや娘御のために、なんとか二十両を作って渡そうと思うのだが」

田島は徳利を捧げ持ち、元之輔のぐい呑みに温くなった酒をなみなみと注いだ。いつの間にか、盃はぐい呑みに、酒も熱燗からぬる燗になっていた。

替わって元之輔が徳利の首を摘み上げ、田島のぐい呑みに酒を注ぐ。田島は何も言わず、ぐい呑みを両手に捧げ持って酒を受けた。

「………」

田島の顔は酒の酔いで、いくぶんか朱がさしていた。田島はゆるゆるとぐい呑みの酒を飲んだ。

「いかに思う?」

「それがしは、御隠居の御意に従います」

「あまり気乗りがしない、と申すのだな」

「……はい」

「どうしてだ?」

「………」

田島はぐい呑みを干し上げた。行灯の薄暗い明かりのせいもあるが、田島の顔はだいぶ赤黒くなっていた。元之輔は、田島のぐい呑みに、また徳利の酒を注いだ。

「田島、遠慮するな。無礼講でいこう。いいたいことがあったら、なんでも申せ」

「……ほんとに、いっていいですか？」

「いい」

元之輔は笑いながら、己れのぐい呑みの酒をあおった。

「ならば、いわせていただきますが、ほんとにいいんですね」

田島はいつになく絡み酒になっている。元之輔は笑った。

「くどいな。いいたいこと、みんな吐き出せ」

「では、いわせていただきます。御隠居は、御崎尽兵衛殿に甘すぎる。もっと冷徹に、厳しく、もっとびしっと対しないと」

「そうか。びしっとしないといかんか」

「下手に手を差し伸べると、かえって御崎尽兵衛殿を駄目にします」

「しかしのう。……娘御の話を聞くとな」

「だから、甘いんです。とくに女子のことになると甘い」

「そうかのう。自分としては、特に女子に甘いつもりはないのだが」

「娘御の話も本当かどうか判りませんぞ」

「そうか？　尽兵衛は追い詰められて、必死の形相だったぞ。わしは本当に娘御が身売りされると思われたのだが」

「それが御隠居の甘いところなんです。すぐに、人の話を信用する。駄目です。御隠居、人の話は、いつも話半分に聞いてくださらねば」

「話半分に聞けか」

言われてみれば、己れは、人を信じすぎるかも知れぬな、と元之輔は心の中で反省した。

田島は空になった徳利を振った。酒がないと分かると徳利を手に立ち上がった。

「御隠居、いま少し、酒をご用意します」

田島はよろめきながら台所に歩いて行った。

「田島、もう、だいぶ酩酊《めいてい》しておるぞ」

「いえいえ、まだまだこれしきの酒で、それがしは酔っ払いませんぞ……」

田島は下男の房吉に、樽酒を徳利に入れるように頼んでいた。手元不如意《ふにょい》で酒樽から徳利に酒を移すのも危ういらしい。

「結構、ろれつが回っておらぬようだが」

「まあまあ。大丈夫でござる。殿、どうでしょう。燗はやめて、冷やにしましょう。燗は面倒臭い」

田島は元之輔の返事も待たず、徳利でなく酒壜を抱えて座敷に戻って来た。元之輔の前にどっかりと胡坐をかいて座った。元之輔も、すでに胡坐をかいて座っていた。

「さ、御隠居、飲み直し、飲み直し」

田島は元之輔のぐい呑みを脇に避け、茶を飲んだ後の湯呑み茶碗を二つ、目の前に並べた。酒壜を差し出し、二つの湯呑み茶碗に酒を注いだ。

「御隠居、もっといっていいですか？」

「ああ。いいぞ」

元之輔は、少し呆れたが、話すように促し、湯呑みを取り上げ、口に運んだ。

田島はしゃっくりを始めたが、湯呑みの酒を飲んで抑えた。そして、元之輔をじろりと眇《すがめ》で眺めた。

「さっきのお話ですがね。二十両もの大金を、どうやって作るつもりなんですか。申し上げておきますが、御隠居、手元には五百文《もん》もありません。こちらへの引っ越しやら何やらに金がかかり、いまやすっからかんの空財布でござります。女房からも、大家への店代をどうするんだい、といわれているくらいですからね」

田島結之介は、近くの武家奉公人長屋からの通い奉公だった。長屋にはお内儀と子どもの三人で暮らしている。若党の給金は、いまは桑原家の当主である誠衛門から出される暮らしの費用から賄っている。

「そうか。給金はまだ払ってなかったか」

「引っ越しの後にひと月《つき》分は戴きましたが、その後はまだです」

「そうか。済まぬ。おぬしたちにも迷惑をかけていたか。いましばらく待ってくれ。必ず誠衛門に言って出してもらうから」

元之輔は頭を掻いた。

「いいんです。事情はよく判ってますんで。誠衛門様は引っ越しして、御小姓組組頭に就任なさったばかりで、上役やらご近所へのご挨拶回りとか、いろいろ物入りが多い折です。奥方様も天手古舞《てんてこまい》をなさっておられ、こちらまで気が回らないのは十分判っておりますんで。ですから、文句は言いません」

田島は座り直した。目が据わっている。

「そんななか、御隠居も、それがしたちも、お金がないというのに、御隠居が御崎尽兵衛殿に同情なさり、二十両を都合してやろう、とおっしゃっても、いったい、どこから、どうやって、その金を捻出なさるおつもりなのか、お聞きしたいのです」

「……ううむ」

元之輔は唸った。

田島は痛いところを突いて来た。

元之輔は酒壜を手にし、田島の湯呑みに注いだ。

「……誠衛門に用立てるように頼もうかと思っていたのだが、無理だろうな」

田島は大声で笑った。

「御隠居、それは無理、無理というもの。そんなことをなさったら、お忙しい誠衛門様に、さらに無用な金策をさせることになりましょう」

田島は湯呑みの酒を旨そうに飲んだ。

体がゆらゆらしている。

元之輔は台所の房吉に声をかけ、薬罐《やかん》の水を持って来るようにいった。

「誠衛門様が、二十両を捻出なさるため、公金に手を出したらいかがなさる？　誠衛門様は正義感がお強いから、と安心なさっては駄目でござる。ふとした迷いで、すぐ返すからと、藩の金に手を出し、それが深みに入り、いつしか……」

「分かった分かった。田島、誠衛門には頼まぬ。もういうな」

居間の障子が開き、房吉が顔を出した。

「御隠居様、お水をお持ちしました」

房吉が薬罐を持って来た。元之輔は空にした自分の湯呑み茶碗を房吉にそっと渡した。

「これで、田島に水を飲ませてやれ」

「へい」

房吉は田島の傍に座り、薬罐の水を注いだ湯呑みを田島に差し出した。

「田島様、飲みすぎでねえの」

「うむ。ちと喉が渇いた」

田島は湯呑みの水をごくごくと喉を鳴らして飲んだ。空になった湯呑みを房吉に出した。

「うまい水だ。まるで酒のような水だ」

「ただの水だんべ」

「房吉、もう一杯」

房吉は薬罐の水を湯呑みに注ぐ。田島は、その水も飲み干した。

「駆け付け三杯……」

田島は三杯目の水も一息で飲んだ。袖口で口元の雫を拭った。

「……干天《かんてん》の慈雨《じう》でござった」

元之輔は田島の飲みっぷりを見ていると、己れも喉が渇くのを覚えた。

「わしにも頼む」

「はいはい、御隠居様、お酒はほどほどにしたらよかんべ。明日があるんだから」

「うむ。分かっておる」

元之輔は湯呑みに注がれた水を一気に飲んでいった。

「ほんとだ。これはうまい」

「でござろう。御隠居」

田島は笑いながら、また胡坐をかいて座った。少しばかり酔いが醒め、正気に戻った顔をしている。

「薬罐、置いておくべ」

房吉は笑いながら、台所に戻って行った。

「御隠居、なんのお話でしたっけ」

「さあ……なんの話か忘れた」

元之輔は酔ったふりをして、話の矛先を戻さないようにした。

「そうそう。思い出した、二十両の金策についてでござった。御隠居も、忘れたなんて、お酔いになられましたな。大丈夫でござるか。ま、お水を飲んで、少し酔いをお醒ましになられるといいでしょう」

田島は、房吉が置いて行った薬罐を、元之輔の湯呑みに傾けて、水を注いだ。湯呑みを元之輔に差し出した。

参ったな、と元之輔は内心思った。酔っているのは、田島の方なのに。

「さあ。お飲みになって」

「うむ」

元之輔は田島に逆らわず、湯呑みを受け取り、口を付けて、水を飲んだ。田島も自分の湯呑みに水を入れ、飲んでいる。

「御隠居、もしかして、二十両をどうしようか、と思った時、あの狸顔を思い出しておられたでしょう」

「……なに、狸顔だと？」

「先日、菓子折を持って現われた扇屋伝兵衛ですよ」

「おう。口入れ屋の扇屋伝兵衛か」

元之輔は扇屋伝兵衛の愛敬のある狸顔を思い出した。

元之輔は煙草盆を引き寄せ、キセルの火皿に莨を詰めた。火種に火皿をあて、キセルを吸った。

扇屋伝兵衛は、口入れ屋が商売だと言った。口入れ屋は人に仕事を斡旋《あっせん》する商売らしい。扇屋伝兵衛は、じっと団栗眼で元之輔を見つめ、思わぬことを口にした。

「御隠居用心棒をお願い出来ませんか」

正直、面白そうだと乗り気になった。しかも、用心棒は金になるらしい。百両も夢ではないらしい。

「御隠居、口入れ屋のうまい話を信用してはなりませんぞ」

「ふむ」

元之輔はキセルの莨を吸った。

「御隠居に用心棒をしろなどとんでもないこと。新手の詐欺かも知れませんぞ。そもそも、口入れ屋なんて、ろくな商売ではありません」

藩の要路を長く務めていると、次第に庶民の生活や世間のことに疎《うと》くなる。世に口入れ屋なる商売がある、とは知ってはいたが、その実態はまったく知らなかった。

「それに用心棒ですよ。用心棒なんて、食いつめた浪人が、金稼ぎのため、仕方なくやる下賤《げせん》な仕事です。仮にも江戸家老をお務めになった御隠居が、おやりになる仕事ではありません」

「ふうむ。そんなものか」

元之輔はキセルをすぱすぱと吸った。火皿の莨はすっかり灰になっており、吸っても全く煙は出なかった。

「それも『御隠居用心棒』なんぞという人を食った怪しげな名称を作って、売り物にしようなんてとんでもないこと」

「……ま、言い得て妙な名称だとは思うがの」

田島は眉根に縦皺を一本増やした。

「御隠居、やすやすと相手の売り言葉に乗ってはいけませんぞ。おそらく、あやつ、御隠居用心棒などと銘打って、御隠居をどこかに高値で売り付け、がっぽりと上前《うわまえ》をはねようとしているかも知れませんぞ」

「そうかの。扇屋伝兵衛とやら、結構、人の良さそうな狸顔をしておったが」

「それが曲者《くせもの》ですぞ。人を騙そうという手合いは、決まって人の良さそうな顔つきをしているものです。詐欺師が、いかにも人を騙しそうな顔をしていたら、誰も警戒して近寄らず、騙されることもありません。あの狸顔に騙されてはいけません」

「そうか。騙されるというのか」

元之輔はキセルの首を掌にあて、器用に火皿の灰を掌の上に転がした。火は消えて、少しも熱くない。その灰の塊を煙草盆の灰入れに落とした。

「しかも、百両も稼げるなんぞと、人の欲につけこんだことを言う。いまどき、百両も稼げる仕事なんぞ滅多にありません。もし、あったら、仕事にあぶれた浪人連中がこぞって用心棒になり、みな左団扇の大金持ちになっているでしょう」

「……それもそうだな」

元之輔は、田島の言い分になるほどとうなずいた。

世間には、食い扶持を持たぬ浪人者が右往左往している、という話は耳にしていた。農民や商人、職人と違って、働いたことがない侍は、剣の腕を売るしかない。武を売り物にして生きるしかない武士は、藩に抱えられ、なんらかの扶持を得て、ようやく食べていける。藩あっての侍だ。藩がなければ、武士は食っていけない、しがない人間だ。

田島は、酒の酔いも手伝ってか、いつになく弁舌爽やかだった。

「うまい話には、必ず裏がありますぞ」

「……裏がある？　どんな裏があるというのだ？」

「御隠居を富豪の商家に用心棒として売り込んでおき、御隠居を利用して商家の警備を探らせる。時が来たら、押し込んで蔵を破り、金銀財宝を奪って逃げる、とか。ともかく、ろくな目に遭わないでしょうよ」

田島は悲観的な見方を並べた。

元之輔はキセルを吹かしながら、田島の話を聞き流した。突然、田島が口元を押さえた。

「うっ。気持ち……悪い」

「田島、どうした?」

田島は「げっ」と反吐《へど》を畳の上に吐いた。饐《す》えた臭いが立ち籠める。

「ちと厠《かわや》へ」

田島は立ち上がると、口を手で押さえながら、どたどたと廊下に出て行った。

「房吉、来てくれ」

元之輔は台所の房吉を大声で呼んだ。

房吉があたふたと台所から現われた。

「田島が気分が悪いと、厠に」

房吉はすぐに田島の様子を察し、女房のお済を呼んで、後片付けをするようにいい、厠へと急いだ。

「あんれま。若党様、粗相《そそう》なさって」

お済は雑巾と手洗い桶を持って座敷に入った。手早く反吐を雑巾で拭き取った。

やがて、房吉に抱えられた田島が、座敷に戻って来た。田島は青白い顔で頭を下げた。

「御隠居、申し訳ありません。それがし、今夜は、これで帰らせていただきます」

「うむ。よかったら、今夜は泊まっていけ」

「しかし、女房が心配しますんで」

「分かった。房吉、田島を長屋まで送って行ってくれ。途中、行き倒れになっても困る」

「へい。さ、田島様、おうちへ帰りましょう」

房吉は田島を支え、台所の裏口に連れて行った。お済が、急いで提灯《ちょうちん》に火を灯して、亭主に渡した。

田島は大人しく房吉に連れられ、房吉と一緒に裏口から出て行った。提灯の明かりが裏口から消えた。

元之輔は、ごろんと畳に横になった。すっかり酔いは醒めていた。寝転んだまま、天井を見つめた。天井板の節目が、複雑怪奇な模様を作っていた。

ともあれ、二十両はなんとしても作らねばならない。御崎尽兵衛は、あれだけ必死に二十両を欲しがっていた。娘御の話は、信じたい。もし、騙されても、後悔しない。後悔は、先にするものではない。

いい。

元之輔はため息をついた。

田島は反対するだろうが、御隠居用心棒、やってみるか。後悔は、それからしてもいい。

元之輔は、明日、田島には内緒で扇屋伝兵衛を訪ねようと決心した。

三

翌日は朝からからりと晴れた上天気だった。

元之輔は、いつも通りに起き出し、木刀の素振りをした。やはり千回はきつい。適当に素振りを切り上げ、屈伸や腕立て伏せを繰り返した。これまたしんどいので、適当にやめて、隠居屋敷の仕舞屋周辺を、速歩で歩き回った。

元之輔の住む隠居屋敷の西側、東側には、御家人や小旗本の小屋敷、足軽や武家奉公人の組屋敷がひしめくように建っている。ただ北側は、幕府の御竹蔵の敷地があり、緑の樹木が広がっていた。

周辺を見回すと、隠居屋敷の仕舞屋だけが、武家地の中で、ぽつんと建っており、南側には雑木林や田圃、畑などがある。前の持ち主であった商家の大金持ちが、金にあかして、周辺の土地や田圃、小屋敷を買い上げて、周囲に武家屋敷や組屋敷が建たぬようにしたからだった。そして、愛妾《あいしよう》を住まわせていた。

その大富豪もいまは亡くなり、店も閉じてしまい、昔の栄華を偲ばせるものはない。元之輔は家に戻ると、井戸端で水垢離《みずごり》を取り、さっぱりした気分になった。すっかり昨夜の酒は抜けている。

若党の田島は二日酔いらしく、お内儀のお松《まつ》がやって来て、申し訳ありません、本日は午後には参ります、と謝った。

元之輔は、昨夜は楽しい酒宴だったので、お互いつい飲みすぎた、ご亭主に、本日は無理しないでゆっくり休んでいい、と伝えてくれといった。給金をまだ渡してないことを謝り、お詫びに頂き物の菓子折をお内儀に持たせた。お内儀は恐縮して、頭を何度も下げながら、帰って行った。

お内儀のお松は、年を取ってはいるものの、楚々《そそ》とした容姿をした女だった。元之輔は、お松を見ると、奥のお絹を思い出す。お絹は、お松と仲がよく、生きているころ、お松を連れて日本橋《にほんばし》の呉服屋に出掛けたものだった。

元之輔は、思い出を振り払い、朝餉の膳に向かった。白いご飯に茄子の漬物、味噌汁、納豆、生卵が定番の朝餉である。

腹拵えが出来ると、元之輔は、房吉とお済に、ちと出掛けると言い残し、脇差一本を腰に差して外に出た。

扇屋伝兵衛の店は、竪川《たてかわ》の二《ふた》つ目橋《めばし》を渡った対岸の林町《はやしちよう》二丁目にあるとのことだった。元之輔の隠居屋敷から、半里もない近さだった。

元之輔は着流しに、腰に脇差を差して、羽織を軽く着ただけの気楽な格好である。

通りには、職場に急ぐ、裃《かみしも》に袴姿のしゃちこ張った侍たちが、急ぎ足で歩いて行く。元之輔とすれ違っても、誰一人として会釈も挨拶もしない。みな一心不乱に職場に急いでいて、脇見もしない。

元之輔は、そうした侍たちを見て、かつては己れも、あんな身だったなと感慨に耽るのだった。

のんびりと武家地を抜け、竪川の畔に並ぶ町家街に出た。掘割には、何艘もの猪牙《ちよき》舟《ぶね》や屋根船が往来し、船着場に遊び客たちが乗り降りしている。客たちは、ほとんど町家の者たちで、男も女も、みな粋に着飾っている。

遊んでいるのは、町家の人間で、気難しく働いているのは武家の侍たちか。

元之輔は、つい最近まで、そんなこととは気付かず、藩の仕事に明け暮れていた己れが、情けなくなった。自分は、何をあくせく働いていたのだ？　それに比べて、町家の者たちは、人生を楽しんで生きているではないか。

元之輔は二つ目橋を渡りながら、対岸に広がる深川の歓楽街に目をやった。武家屋敷はひっそりと暗く静まり返っているのに、対照的に町家の街並には、どこか活気がある。三味線の音が聞こえ、長唄も流れて来る。女たちの時ならぬ嬌声《きょうせい》や笑い声が上がり、鯔背《いなせ》に尻っ端折《ぱしょ》りをした男たちがうろついているのが見える。

元之輔は二つ目橋を渡ると、掘割沿いに並ぶ、林町の街並を眺めながら、ゆっくりと歩いた。

魚屋、八百屋、米屋、雑貨屋、油屋、小間物屋、簪《かんざし》屋、大工、建具屋などの小さな店が軒を並べている。通りや路地を、我がもの顔で町家の子どもたちが、篠竹《しのだけ》の刀を手に喚声を上げて駆けずり回っている。その傍らで、赤ん坊を背負ったちゃんちゃんこ姿の女の子たちが石蹴り遊びをしたり、綾取りをしたりしている。

扇屋の店は、すぐに見つかった。

路地に折れ曲がる角に、木彫りで扇屋と書かれた看板が掛かった小綺麗な店があった。店の格子戸を開けると、すぐに店の中から、いらっしゃいませという女の声がした。

二間ほどの店の棚に、開かれた扇がずらりと数十張り陳列されている。

店の左手に上がり框があり、板の間を上がった先に帳場が見えた。帳場に清楚な面持ちの娘が座っていた。

「こちらは……」

元之輔は、一瞬、戸惑った。

扇屋伝兵衛からは、口入れ屋だと聞いていた。だが、その名の通り、扇を売ってい
るのか。

元之輔は思わず、飾られている数々の扇の美しさに、しばし目を奪われていた。

「お客様、どういった扇をお求めですか？」

店番をしていたのは、若い娘だった。

「贈り物ですか、それとも」

「いや、なに……扇ではないのだが」

「では、何でございましょうか」

「口入れ屋の扇屋伝兵衛殿にお会いしようとこちらに参ったのだが。扇屋伝兵衛殿は、
こちらのご主人かな」

「はい、そうです」

「よかった。伝兵衛殿は居られるかな」

「はい。ですが、いま、ちょっと用事があって、出掛けております。すぐに戻って来

ると言ってましたから、お待ちになりますか」

「では、待たせてもらおうか」

元之輔は上がり框に腰を下ろそうとした。

「では、お爺様、どうぞ、これをお敷きになってください」

娘は座布団を差し出し、上がり框に置いた。

お爺様か。元之輔は苦笑した。

若い娘から見れば、自分は年寄りに違いない。その通りなのだが、面と向かって、お爺様と呼ばれると、気が滅入る。自分では、そんなに年を取っていないつもりで、自分だけは年寄りのなかで、まだ若い方だと思っていた。それが、外から見れば間違いなく、年寄りなのですよ、といわれ、現実に目を覚まされるのだから、なんともいいようがない。

廊下の突きあたりに垂らした暖簾《のれん》が揺れ、中年の女が現われた。

「千世《ちよ》、お客様ですか」

「はい。お父様に」

千世という娘と、現われた女は、顔立ち、目鼻立ちが、よく似ている。おそらく母と娘なのだろう、と元之輔は思った。

伝兵衛の娘なのか。

「失礼ですが、お名前をお聞かせいただけますか?」

「はい。隠居の桑原元之輔と申す者です」

「はあ、あなた様が御隠居の桑原様でございますか。千世、すぐにお茶のご用意をして」

「はい」

娘は素直に立ち、そそくさと廊下の奥に消えた。

「女将、どうぞ、お気遣いなく」

「まあまあ、旦那様から、桑原様のお噂はお聞きしていましたよ。両国の広小路で、侍たちが狼藉を働いている時に、桑原様が両手を広げ、待った待ったと、女子を連れ去ろうとする侍たちを止めた。その格好が、まるで歌舞伎役者の團十郎《だんじゅうろう》が、見得《みえ》を切るようだったと」

「いや、それほどでも」

元之輔は、誉められて、悪い気はしなかった。だが、気恥ずかしくもあった。

「店先では、なんですから、どうぞ、お上がりになってください。旦那様もまもなく戻って参りましょう」

「いや、ここでも」

「旦那様に叱られます。中に入って、どうかお茶でも。いま、娘が用意していますので」

女将は元之輔の手を引かんばかりに、上がるように勧めた。

「さようか。では、遠慮なく。失礼いたす」

元之輔は脇差を抜き、手に携えて、上がり框から上がった。

その時、格子戸ががらりと開いた。

扇屋伝兵衛が帰って来たか。

元之輔は上がり框に立ち、振り返った。顔を出したのは、伝兵衛の狸顔とは似ても似つかぬ、剣呑《けんのん》な顔をした浪人者だった。

「伝兵衛はおるか？」

浪人者は、頬や顎にうっすらと不精髯を生やしている。月代の手入れも悪く、五分ほどの髪が苔のように生えていた。浪人は肩を怒らせ、元之輔を蔑《さげす》むように、目を三白眼《さんぱくがん》にして睨んでいた。目には言い知れぬ敵意が浮かんでいる。

元之輔は、ざらりとした不快な思いが胸に湧くのを覚えた。

「どなたかと思えば、三叉次兵衛《みつまたじへえ》様」

女将が元之輔の体を廊下の奥に押しやり、上がり框に正座した。

元之輔は押されて、廊下を歩んだ。背後で女将の応対する声が聞こえた。

「三叉次兵衛様、あいにく、主人は出掛けておりまして、まもなく帰ると思いますが」

「先日、伝兵衛に紹介された仕事は石積みの土方《どかた》ではないか。それも、二束三文の手間賃しか貰えん。いくら、食い詰め者のそれがしでも、武士は武士。武士らしい仕事を回せ」

「さようでございましたか。それは失礼いたしました。……でも、三叉様は、なんでもいい、すぐに金になる仕事を寄越せと……」

「そうはいったが、それはそれ……」

浪人者は女将と言い合っている。

廊下は居間に続いていた。娘の千世が現われ、そっと元之輔を居間に招き入れた。

元之輔は居間の火鉢の傍に正座した。

千世が盆に載せた湯呑み茶碗を運んで来た。

「粗茶ですが」

「かたじけない」

元之輔は礼をいって、盆の上の湯呑み茶碗を取り上げた。玉露《ぎょくろ》の香が鼻孔を刺激した。

店の方では、まだ三叉次兵衛と呼ばれた浪人者が、女将に毒突いている。

「そう申されても、無理なものは無理にございますよ」

「………」

「いま、奥に入った爺《じじ》いは何だ。あの爺いには、どうせ楽で実入りのいい仕事を回すんだろう」

三叉が聞こえよがしに大声で話すのが聞こえた。

千世は苦笑した。

「三叉様は、乱暴な口をきくお方ですけど、本当は気が優しい人でしてね。いつも、ああして紹介された仕事の文句をおっしゃるんです。それが恒例でしてね」

「さようか」

元之輔は茶を啜った。上質な茶の香と味がした。

三叉次兵衛の声は低まり、何を言っているのか分からなくなった。

「桑原様は、本当に御隠居なのですか？」

「さよう。最近、隠居を始めたばかりだが」

「道理で、お歳は召されていらっしゃいますが、まだお若くお見えになります」

元之輔は、お世辞でも、若い娘にそう言われると舞い上がりそうになる。そうなる自分を抑えて言った。

「いや、爺だ。もう足腰が弱ってな。若いころとは違い、歩いておっても、次々に人に抜かれる。追い付こうとすれば、息が上がる。足や膝が痛くなる」

「でも、両国広小路では、大男の侍を相手に丁々発止《ちょうちょうはっし》に立ち合って、最後には大男を釣り竿で打ちのめしたそうじゃありませんか」

「ははは。そんな法螺話《ほらばなし》になっておるのか。大袈裟過ぎる。話半分に聞いた方がいい」

元之輔は田島にいわれたな、と思いながら、娘にいった。

店先に扇屋伝兵衛の声が響いた。

「これはこれは、三叉様、どうなさいました」

「どうもこうもない。……」

三叉の抗議する声が聞こえた。

伝兵衛の声がした。

「女将、お茶を」

「はい。ただいま」

女将がそそくさと廊下をやって来た。娘の千世が、気を利かせて、盆に急須と湯呑み茶碗を用意していた。

「旦那様がお帰りになりました。用事が済み次第に、こちらに参ります。少々お待ちください」

女将は盆を抱えると、また店先に戻って行った。伝兵衛の声が聞こえた。

「そうでしたか。それはけしからんですな。まことに申し訳ありません。でも、いまは残念ですが、三叉様にふさわしいお仕事はありません」

「…………」

三叉は何を言っているのか、分からない。

「はいはい。日銭の仕事なら、辻番屋のお仕事がありますが、これは、お侍の三叉様にご紹介しては失礼かと……」

「…………」

「先日、前の辻番は辻斬りに殺《や》られまして、以来、誰も成り手がなく……」

「…………」

「いえ。それが安くて、子どもの駄賃にもならないってんで、成り手がいないんで」

急に三叉の声が大きくなった。

「ほかに、もっと実入りのいい仕事がないのか」

「申し訳ありません。うちには、いまのところ、ほかには、同様な土方仕事とか、川浚《さら》い、荷物運びの力仕事ぐらいしかなくて、お侍様の三叉様が気に入るようなお仕事はありません」

「じゃあ、仕方ないのう。その安い辻番でもいい。日銭になるなら、とりあえず、それを紹介してくれ」

「ほんとに、いいんですか。あまりお薦め出来ませんよ」

「まあいい。で、どこへ行けばいいのだ?」

「はい。少々、お待ちください」

伝兵衛が帳場に座る気配がした。

「本当に申し訳ありませんね。用心棒なんかの仕事があったら、真っ先にご紹介しますから、今日のところは、こちらへ出向いてください。柳通《やなぎどお》りの先の番屋に行ってください。番屋頭の真吉《しんきち》という男がいますんで。私の名を言って、真吉と話をしてみてください」

「よし。分かった。世話になったな。用心棒の仕事があったら、ぜひ、取っておいてくれ。頼むぞ。伝兵衛」

格子戸ががらりと開く音が響き、人が出て行く気配がした。

やがて、扇屋伝兵衛の狸顔が廊下をやって来た。後ろに女将が盆を持ってついてくる。

「千世、お店の番をして」

「はい。失礼します。どうぞ、ごゆるりと」

千世は立ち上がり、元之輔に頭を下げ、店に出て行った。

伝兵衛は座敷に入るなり、元之輔の前に座り込んだ。

「これはこれは、御隠居様、御決心がお付きになりましたか」

女将は伝兵衛の後ろに控えて座った。

元之輔はうなずいた。

「うむ。いま少し、その用心棒という仕事についてお聞きしたいと思いましてな。その上で決めようかと思っているのだが」

「さようでございますか。もっともなことと存じます。それで、どのようなことが、お知りになりたいのでしょうか」

伝兵衛は女将を振り向き、新しいお茶を、と言った。女将は「はい」とうなずき、台所へ消えた。

「まずは料金のことだ。先日は、百両にもなると聞いたが、本当だろうな」

伝兵衛はうなずいた。

「もちろん。ですが、場合によります。用心棒のお仕事にも、ピンからキリまでがございます。百両は、そのピンの部類の報酬です。正直に申し上げて滅多にありません」

「やはり、さようか」

元之輔は、田島のいうように、人の話をすぐに信じてはいけないな、と思った。

「ピンキリと言っても、いろいろございまして、上中下の三段階になります」

伝兵衛は澄ました顔で続けた。

「上は、なかなか需要がありません。ないだけに、あれば高額な報酬になります。百両は、この上になります」

「中というのは？」

「これも、中の上、中の中、中の下とありまして、それぞれ仕事も多岐に亘ります」

「報酬は？」

「おおまかにいって、中の上から二十両、中の中が十両、中の下が五両というのが目安でしょうか」

「なるほど。では下は？」

「いってみれば、その他、すべての用心棒料と申しますか、あとは交渉次第です。たとえば、先程ごねておられた三叉次兵衛様は、あの風体《ふうてい》のままでは、下の仕事しかないといっていいでしょうな」

「風体で差別するのか」

「いや、差別はしません。区別するのです」

伝兵衛は平然と答えた。

「区別する？」

「はい。風体で、向き不向きを判断します。たとえば、先程の三叉次兵衛様の風体ですと、やくざやごろつきに脅されている商家とか、金貸しなんぞが雇う用心棒になります。睨みが利き、一見してドスが利いていて、ちょっと近付き難い。見るからに恐ろしげなのがいい」

「なるほど。いえているな」

「もし、小綺麗な御小姓ふうな御浪人だったら、芝居の役者や、廓《くるわ》の花魁《おいらん》なんかの用心棒がお似合いでしょう。もっとも、用心棒は、剣の腕前に覚えがないと駄目ですが」

「うむ。そういうことか」

元之輔は伝兵衛の言葉を吞み込んだ。用心棒は腕に覚えありでなければならない。

用心棒は、風体で決まる。

伝兵衛は元之輔に向き直った。

「ところで、桑原様にご提案した御隠居用心棒でございますが」

伝兵衛は、元之輔をじろじろと上から下まで舐め回すかのように眺めた。

「それがしの風体は、どうだと言うのだ？」

「容貌、風体、品格、いずれもよし。お歳を召しましたが、それにしては腕前よし。胆力《たんりょく》、気力が衰えていない」

「待て。それがし、年齢相応に、腕前は落ちたし、度胸もなくなっておるぞ」

「御謙遜を。広小路での桑原様のご活躍を、とっくりと拝見しております。藩邸の人々にお会いし、桑原様の御性格もお聞きしました」

「なんと申しておった。悪口も聞こえただろう」

「はい。たしかに。御隠居様は、表面は正義漢ぶっているが、本当は少々ワルではないか、と言ってました」

「誰がそんなことを申しておったのだ。よく、それがしを見ておるな」

元之輔は顎を撫でた。

「用心棒は少々ワルでないといけません」

「そうかのう」

「ワルでないと、ワルの気持ちが分からない。それに、御隠居用心棒は、世の中の甘いも酸《す》っぱいも、よく弁《わきま》えておる人でないと務まりませんです」

「ふうむ」

「しかも、清濁《せいだく》併せ呑むことが出来る人であることが、なにより大事です」

「ふうむ。むつかしいのう」

元之輔は唸った。

「お待たせしました」

女将が盆に湯呑み茶碗を載せて運んで来た。

また玉露の香が鼻を擽《くすぐ》った。

「いただきます」

元之輔は湯呑み茶碗を両手で捧げ持ち、口に持って行った。舌に玉露のまろやかな甘さと渋味が広がっていく。

元之輔は茶碗を盆に戻した。

「いかがでございますか。御隠居用心棒、やってみませんか？」

「もう一つ、教えてくれ」

「何でございましょう」

「用心棒の心得というものがあろう。それを教えてくれぬか」

伝兵衛は大きくうなずいた。

「用心棒心得、その一は、三猿にございます」

「三ザル？」

「見ざる聞かざる言わざる、の三猿です」

「ほう。なぜ、その三ザルが心得になるのだ」

「雇い主のお側に居れば、用心棒は、雇い主をめぐる、いろいろなことを見聞きすることになりましょう。それを、見ない聞かない、そして、誰にも言わない。とくに、言わざるが肝要です」

元之輔の頭に、ある光景が揺らめいた。御上に御側衆、御小姓として仕えた日々だった。

たとえ、御上について、何を見、何を聞いても、口に出して話してはならない。御側衆、御小姓も、厳しく三ザルに徹せねばならない。

「御側衆や御小姓と同じだな」

「そうです。御隠居様は、御側衆や御小姓として見聞きしたこと、どうされます？」

「墓場まで持っていく」

「そういうことです」

「………」

せっかく還暦となり、隠退して、そうした世界から足を洗ったというのに、再びそんな生活に戻るのは御免だった。

自分を殺した生活。己れを無くし、主《あるじ》を立てて生きる世界。

せめてもの慰めは、こっそりと、その日に見聞きしたことを残日録《ざんじつろく》に書くことだった。心の憂さを晴らすためだ。さもないと、己れの心は破滅し、死んでしまう。

残日録は人に見せるために書いたものではない。忘れぬために書いた備忘録《びぼうろく》でもない。だから隠居になった日、それら残日録のすべてを焚火《たきび》に放り込み、天に送った。

いや、地獄に送ったのかも知れない。

元之輔はかすかに笑い、頭を振った。

「そんな生活は二度と御免だ。これからは、己れの好きなように考え、己れが生きたいように生きる。残された余生を楽しむ。そのための隠居だ。もう後戻りするつもりはない」

「………」

伝兵衛は目を細め、じっと元之輔を見つめていた。やがて、こっくりとうなずいた。

「いいでしょう。御隠居様は見かけとは違って、相当にお辛い人生を歩んでこられたようですな」

「………」

「では、三猿はお忘れください。用心棒心得から外します」

伝兵衛は笑顔に戻った。

「三猿は守らなくてもいい、というのか？」

「はい。その代わり、見聞きしたこと、すべて忘れてください。仕事が終わったら、すべて忘却《ぼうきゃく》する。これが用心棒心得その一です」

すべて忘れるか。それなら、出来そうだな、と元之輔は内心で思った。

「その一があるからには、その二もあるのだな」

「はい。ございます。用心棒心得、その二は、人を殺すことなかれ、です。たとえ、どんな理由があっても、人を殺してはなりません」

元之輔は顎をしゃくった。

「例外はないのか」

「ありません。口入れ屋は、殺し屋を派遣する商売ではありません。雇い主の命を守るために、用心棒を派遣するのです」

「殺すつもりでなくても、雇い主を守ろうとして相手を死なすことはあるが」

「例外はありません。駄目です。その場合は、用心棒を即刻辞《や》めていただきます」

伝兵衛は決然として言った。

「分かった。その心得も遵守《じゅんしゅ》しよう」

「結構です……」

伝兵衛は、顔を綻《ほころ》ばせた。

「いま一つ気になることがある」

「何でございましょう」

元之輔は茶を啜った後にいった。

「雇い主が法を破り、不正をなそうとした場合だ。用心棒は、雇い主を止《と》めるのか、それとも黙認するのか、だ」

「御隠居なら、いかがいたします？」

元之輔は、伝兵衛がいつの間にか、御隠居と様を付けずに呼んでいるのに気付いた。

いい傾向だ。一歩距離が縮まった。

「明らかに不法、不正義だと思ったら、躊躇《ちゅうちょ》なく、雇い主を止める」

伝兵衛は、にこりともせずにうなずいた。

「それで、結構です。完璧です」

元之輔は一瞬戸惑った。

「本当にいいのか？　用心棒は止めずに見逃すのではないか」

「雇い主は、神様でも御上でもありません。私たちと同じく間違いを犯す人間です。雇い主のいうことを、いつも聞く必要はありません」

御上をお守りする場合とは、だいぶ事情が違うな、と元之輔は思った。

「用心棒は、雇い主とべったりでは困ります。雇い主が危ない橋を渡ろうとしたら、用心棒は止めてしかるべきです。それが、結果的に、雇い主の命を守ることになります」

「なるほど」

「用心棒は、雇い主と対等の立場です。ただお金で雇われただけのこと。義理もありません。上下の関係もありません。だから、遠慮はいりません、雇い主が信頼出来ない、気に入らぬとなれば、さっさとお金を返して辞めればいいのです」

「そうか。用心棒の方から、自由に縁を切ればいいのか」

用心棒は、御上の御側衆や御小姓とはまったく違うのだ。自分の考えや判断で行動することが出来る。

元之輔は合点が行った。

伝兵衛は付け加えた。

「ただし、金で雇われているとはいえ、信義を欠いてはいけません。金で信義は買えませんが、金を戴いただけの信義は、やはり守る必要があります」

元之輔はうなずいた。

「おおよそ用心棒について分かった」

伝兵衛もほっとした顔になった。

「それで、いかがですか。御隠居用心棒をお引き受けしていただけますか」

「うむ。やってみようと思う」

元之輔は、ちらりと田島の反対する顔を思い浮かべたが、己れが決めたことだ、と思った。

「ただし、お願いがある」

「何でしょう」

「先程の料金の件だが、上中下の上はなしだ。出来れば、中でお願いしたい」

伝兵衛の目が笑った。

「分かりました。先程からのお話で、私も御隠居には、中がよろしいか、と思いました。それで、ここだけの話、おいくらほどが必要なのですかな」

「二十両。どうしても、ある事情で必要になった」

元之輔は伝兵衛を信用していった。この男なら信用出来る。田島から笑われるだろうが、自分の勘を信じる。

伝兵衛は女将と顔を見合わせ、うなずき合った。

女将はよかったと安堵の顔をしている。

「分かりました。ちょうど、一つ、中の上として、話が出来そうな、急ぎの依頼がありますす。御隠居用心棒の手始めとして、恰好の依頼ですが、お試ししてみますか？」

「どのような依頼かな」

元之輔は居住まいを正した。

伝兵衛は微笑んだ。

「大舘屋《おおだてや》をご存知ですか？」

「いや」

どこかで聞いたような気がするが、何の店か思い出せなかった。

「質屋でございます」

「質屋でござるか。あの物を担保にして、金を借りる」

「そうです。御隠居は質屋通いをしたことがないでしょうが、庶民はもちろん、金に困った旗本御家人の武士たちがお世話になる質屋です。その質屋でも、大舘屋は江戸一番に繁盛している大店《おおだな》です」

「さようか」

元之輔は、少しばかり戸惑った。大店にせよ、質屋の用心棒になる、というのか。

「お気に召すかどうか。これから、すぐにご案内しましょう。お気が変わらぬうちに。女将、支度を」

伝兵衛は女将にいった。女将は「はい」と返事し、隣の部屋に消えた。伝兵衛も女将に続いた。

元之輔は腕組みをし、御隠居用心棒心得を思い出し、胸の内で反芻《はんすう》していた。

やがて、襖が開き、伝兵衛が現われた。伝兵衛は羽織袴姿だった。

「お待たせしました。参りましょう」

元之輔は、脇差を腰に挟み、伝兵衛と一緒に店先に出た。女将と千世が見送りに立った。

「お仕事、うまく行きますように」

女将が伝兵衛と元之輔の背に、カチッカチッと火打ち石を打ち、門出を祝った。

四

大舘屋は東橋を渡った先の、参拝客で賑わう浅草寺《せんそうじ》のほぼ真ん前にあった。

元之輔は羽織袴姿の扇屋伝兵衛に連れられ、お上《のぼ》りさんよろしく、あたりをきょろきょろ見回しながら、雑踏の中を歩いた。

大舘屋は高い築地塀《ついじべい》に囲まれた武家蔵屋敷を買い取り、そのまま質屋の店にしていた。ただ武家屋敷と違うのは、武家門を無くし、代わりに質入れに来る客が人目につかずに入ることが出来るように、丈の高い塀で玄関を目隠ししたところだ。

客は通りから、さっと塀の陰に入り、玄関先まで来ることが出来る。さらに表とは別に裏口も造られており、客は質草を店に入れると、今度は屋敷内の通路を使い、裏口から抜けられるようになっていた。

元之輔は、その工夫に感心した。

屋敷も武家屋敷のままではなく、屋根や壁、柱など贅《ぜい》を尽くしていた。屋敷は静まり返り、物音ひとつしない。

目隠しの塀の陰に入ると、玄関から出て来た恰幅《かっぷく》のいい武士と鉢合わせしたが、相手は顔を手で隠すようにして、すれ違い、急ぎ足で逃げるように通りに出て行った。

元之輔は、何か事情がありそうな武家だな、と心の中で思った。

扇屋伝兵衛は玄関の前で、元之輔にそっと囁いた。

「では、参りましょうか。御隠居、これから、何があっても、しばらくは我慢ですぞ」

「我慢……？」

元之輔は一瞬、たじろいだ。

扇屋伝兵衛は、頑丈そうな玄関の格子戸を開け、店に入って行った。

元之輔も、初めて訪れる質屋の建物の豪華な造作を眺めながら、伝兵衛の後に続いた。

店内は、静寂に包まれていた。表の通りの喧騒が、ほとんど聞こえて来ない。

店は中で、左右二ヵ所に分かれており、間仕切りの大きな屏風《びょうぶ》が立っていた。客は間仕切りで、隣の客が覗けないようになっていた。そのため、客は安心して番頭と質入れの交渉が出来る仕組みになっていた。

店内に入ると小番頭が伝兵衛と元之輔の前に立った。

伝兵衛は腰を低めて言った。

「扇屋伝兵衛と申します。大旦那様に、ご依頼の件で、お目にかかりたいとお伝えください」

「承知しました。しばらく、こちらでお待ちください」

小番頭は伝兵衛と元之輔を、順番待ちをする控えの間らしい部屋に案内した。控えの間には、浮かぬ顔をした町家の若旦那ふうの男が、腕組みをして座っていた。若旦那は、伝兵衛と元之輔が入って行くと、露骨に嫌な顔をし、そっぽを向いた。

番頭が一人現われ、若旦那に声をかけた。若旦那は急いで番頭について、右手の店先に入っていった。

さっきの小番頭が現われ、「大旦那がお会いになります。こちらへどうぞ」と言った。

伝兵衛と元之輔は小番頭に案内され、二つ並んだ店先の脇を抜け、奥へ延びる長い廊下に上がり、奥へと歩いた。

突然、右手の襖が開き、二、三人の侍たちが憤然《ふんぜん》とした顔で廊下に出て来た。侍たちは、元之輔と伝兵衛を見ると慌てて顔を背け、足早に店先に出て行った。

部屋の入り口には、番頭らしい男が腰を折り、侍たちに頭を下げていた。

「こちらです」

小番頭は、さらに奥の座敷に元之輔と伝兵衛を案内した。

「すぐに、大旦那が参ります。しばらくお待ちください」

小番頭は頭を下げ、襖を閉めて、廊下に消えた。

元之輔と伝兵衛は並んで座布団に座り、大旦那が現われるのを待った。

小番頭が出て行くと入れ違うように、若い女中がお茶の盆を捧げ持って現われた。

「いらっしゃいませ。粗茶ですが、どうぞ」

女中は愛想笑いをし、二人の前にお茶を置き、すぐに出て行った。

「なんとも仰々《ぎょうぎょう》しいですなあ。御隠居は、藩邸でこんな雰囲気の中でお暮らしになっていたのでしょうな」

元之輔は答えようとして話すのをやめた。廊下を歩く足音が襖の前で止まったからだ。

襖が緩やかに開き、でっぷりと太った男が部屋に入って来た。

「これはこれは、扇屋伝兵衛殿、わざわざお越しいただいたようで、恐縮です」

大旦那と見られる男は部屋に入ると、ずかずかと、床の間がある上座《かみざ》に進み、座布団をぽんと裏返し、どっかりと腰を下ろして座った。

伝兵衛は一瞬、元之輔に顔をしかめたが、何もいわず、向かいの大旦那に頭を下げ、元之輔を手で差した。

「先日ご依頼のあった件で伺いました。こちらに居られるのが、御隠居用心棒の桑原元之輔様でございます」

元之輔は表情を変えずに、右手の指を畳につき、軽く頭を下げた。

「お初にお目にかかります。それがし、桑原元之輔と申します。以後、よろしゅうお見知りおきを」

大旦那は頭も下げず、元之輔にいった。

「おお、ご老体、あなたが御隠居用心棒でござったか。こちらこそ、よろしくお願いいたしますぞ」

元之輔は、少々向かっ腹が立ったが敢《あ》えていった。

「それがしは、まだおぬしからの依頼を承諾いたしておらぬ。そこは弁えておいてほしい」

「……そうですか。扇屋伝兵衛殿、いったい、これはどうなっているのですかな」

「大旦那様、少し、お心違いなさっておられるようですな」

「私がですか？　どう、心違いをしているというのですか？」

「大旦那様、桑原元之輔様は、年輩のお方ではありますが、まだ還暦過ぎの壮健な武士でございます。しかも、某藩の江戸家老まで務められた御方。ただのご老体にあらず」

「はっ、そ、そうでしたか。これは失礼しました」

大旦那は慌てて膝を揃えて、座り直した。

「それだけにあらず、桑原様は自らお名乗りになった。なのに、あなたは名乗りもしない。これは本当に失礼なことだと思いますが」

大旦那は大慌てで、座布団から下り、両手をついて、元之輔に平伏した。

「これは、まことに失礼いたした。豪《えら》いことをしてしまった。わたしは大舘屋久兵《きゅうべ》衛《え》と申します。どうか、お許しください。御隠居様、扇屋殿が、とっくに私のことを、御隠居様にお伝えしているか、と思いまして、名乗るのが遅れました。どうぞ、平《ひら》にお許しを」

元之輔は伝兵衛と顔を見合わせた。伝兵衛は、どうしますか、と目でいった。元之輔は機嫌を直していった。

「大旦那殿、いや大舘屋久兵衛殿、どうぞ、お顔を上げてくだされ。許すも許さないも、ござらぬ。ちと互いに行き違いがあっただけでござる。お顔を上げてくだされ」

「ははあ、ありがとうございます。失礼をばいたしました」

大舘屋久兵衛は、恐縮したまま、平伏している。

「大舘屋さん、御隠居も、おっしゃっておられる。お顔を上げてください。以後、お気を付けくだされば、それでいいことです」

「はっ、ありがたきお言葉に、感謝いたします」

大舘屋は、顔を上げ、額の汗を袖で拭った。

「それで、こんな失礼をいたしましたが、御隠居様、用心棒の件は、お引き受けいただけますでしょうか？」

元之輔は、少し考えた。

「なぜ、用心棒が必要なのか、わけを聞かせていただけますかな。その上で、それがしが用心棒としてお役に立てるか否かを決めたいと思います」

「は、さようで。扇屋伝兵衛殿から、何もお聞きになっておられないのですか？」

大舘屋は、扇屋伝兵衛に目を向けた。

伝兵衛は、うなずいた。

「ここにお連れするまで、御隠居にお話しする時間がなかったのです。それに、御隠居用心棒として、お働きになると決心なさったのは、ほんの先程のことでしたので」

「さようでしたか」

大舘屋は納得した様子だった。

「それはそうと、御隠居様、どうか、席を替えてください。わたしが上座というのは、畏れ多い」

「いや、どうぞ、お気になさらぬように。おぬしは依頼主で、この家の主。それがしは、ただの隠居老人、上座も下座もありません。このまま、お話をお聞きしましょう」

「さようですか」

大舘屋は、座布団には座らず、あらためて膝を揃えて正座した。

「実は、私どものところに、何度も嫌がらせの脅迫文が玄関や裏口に貼られているのです。内容は、いつか店に火を放つとか、私の命を頂戴いたす、とか。このところ、毎日のように、そうした嫌がらせがあるのです」

「その文面、拝見出来るかな」

「それが、腹立ちのあまり、みんな焼き捨てたりして、残っていないのです」

「うむ。いつごろから、その嫌がらせがあるのです？」

「このひと月ほど前からです」

「ひと月前、何か心当たりのあるような出来事はありませんか？」

「番頭さんや手代、女中、お手伝い、みんなに訊いているのですが、心当たりはないのです」

「恨みを持たれるようなことは？」

「この商売をしておりますと、喜ばれることも半分、質流《しちなが》れになって、恨まれることも、無きにしもあらずでしてね。疑えば、あれもこれもと限りがないのです」

「ふうむ。では、脅迫文を貼る人物を見かけた人はおりませんかな」

「下男が真夜中に、黒い人影が表玄関に紙を貼りつけているのを見ていますが、夜中だったので、何者かは分からなかったとのこと」

「ふうむ」

「その後、番頭さんや手代たちが、夜の見回りを始めたのですが、いつも、見回りの隙を突かれて、脅迫文が貼られているのです」

「………」

「そのうち、嫌がらせは、酷くなりましてね。玄関先に猫や鼠の死骸が放り込まれていたり、糞尿がばらまかれていたりするようになった」

「それは酷いな」

「先日は、私らしい画を描いた紙が貼られ、刃物で切られていた。画には、死ね、と一言書いてありましてね。私は、ぞっとしました」

「直接、襲われたことは？」

「それはありませんが、用事で外出した時、どうも、後から誰かがつけてくる様子なのです。一緒にいた小僧が恐がって、私を置いて先に逃げ帰ったこともあるくらいです」

「尾行している人は見なかったのですか」

「なにか、男のような人影もあるのですが、時に女子だな、という時もあって」

元之輔は伝兵衛と顔を見合わせた。

「つい昨日には、夜中に石飛礫《いしつぶて》が放り込まれて、雨戸がへこんだりしました」

「町方に被害を届け出たのですか？」

「はい。届け出ましたが、悪戯《いたずら》だろうと、真剣に取り上げてはくれません。実際に誰かが怪我をしたり、殺されたりしない限り、町方は動かないようです」

元之輔は伝兵衛に目をやりながらいった。

「扇屋に相談して、それがしとは別に用心棒を雇わなかったのですか?」

大舘屋と伝兵衛が顔を見合わせた。

「実はこれまでも何人か素浪人を用心棒に雇ったのです。ところが、みんな三日と置かずに、辞めてしまった」

「どうしてです?」

「三人はとんずらして来なくなった。二人は怪我を理由に辞めた。もう一人は、急に病になって来なくなった」

大舘屋は頭を振った。

「六人に、なぜ、辞めるようになったのか、訊かなかったのですか?」

「みんな、浪人の荒くれ者でしてね。店の番頭や手代たちは恐がって訊くことも出来ないんです。それに、話をする前に、金を出せといって、金を出さねば、何も話さないとごねるのです」

伝兵衛が付け加えるようにいった。

「うちが紹介した浪人は六人のうちの二人だったのですが、正直いって、あまり信用が出来ない人たちでしてね。金のためなら、何でもやる人たちだった。だから、誰かに買収されたのかも知れません」

「ほかの四人というのは、誰の紹介だったのですかな」

伝兵衛は大舘屋の顔を見た。大舘屋は困った顔で言った。

「口入れ屋の大坂屋《おおさかや》と駒込屋《こまごめや》でした」

「大舘屋さん、だから、申し上げたでしょう？　大坂屋や駒込屋が紹介する人たちは、札付きの連中だと」

「扇屋伝兵衛さんから、聞いてはいたのですが、うちの番頭たちが大坂屋や駒込屋を連れて来ましてね。つい、彼らの口車に乗せられて」

「いくら、払ったのです？」

「まあちょぼちょぼですから、取られてもたいした金ではありません」

大舘屋は恥ずかしげに笑った。

伝兵衛は厳《おごそ》かに言った。

「ちょぼちょぼ、と申しましたが、私が聞き付けた話では、都合、二十両を下らない金だと。違いますか」

「……まあ、そんなところですかな。扇屋伝兵衛さん、勘弁してくださいな。今度は、扇屋さんだけを頼ってのことですから」

「というわけです。御隠居、お引き受け願えませんか」

「わたしからも、お願いいたします。このままでは、いつ何が起こるかと、怯《おび》えてしまい、商売にもさしつかえます。なにとぞ、御隠居用心棒として、お助け願えれば、ありがたいのですが。こんなことを申し上げるのは失礼かと思いますが、お金に糸目はつけませんので、なにとぞお願いいたします」

大舘屋はまた平伏し、額を畳に擦り付けた。

「分かりました。お引き受けします」

「ありがとうございます」

大舘屋は顔を上げ、嬉しそうに笑った。

扇屋伝兵衛がすかさずいった。

「大舘屋さん、御隠居用心棒の料金については、私と話をいたしましょう」

「はい。よろしくお願いします。扇屋さん」

大舘屋は扇屋に頭を下げた。

扇屋伝兵衛は、ちらりと元之輔を見、目でこれでいいか、といった。

元之輔は腕組みをし、鷹揚《おうよう》にうなずいた。

さて、これから何をするべきか。

御隠居用心棒桑原元之輔は思案に耽った。

第三章　御隠居用心棒はゆく

一

田島結之介は、元之輔が御隠居用心棒となり、手始めに質屋大舘屋の用心棒を引き受けたというと、少し驚いた。だが、すぐに田島は、それは面白いじゃないですか、といい出した。昨日の様子から田島に激しく反対される、と覚悟していた元之輔は、拍子抜けしてしまった。

「要するに、御隠居は御崎尽兵衛殿の娘御を何としても助けよう、と決心なさったのでしょう？　それで口入れ屋扇屋伝兵衛のいう御隠居用心棒をやって、なんとか二十両を捻出しようと考えたわけですな？」

「さよう。おぬしは反対かな」

田島結之介は、頭《かぶり》を大きく振った。

「とんでもない。それがし、御隠居の娘御を助けようというお気持ちに賛成いたします」

「扇屋の言う御隠居用心棒になることにも、田島は反対しないというのか」

「心からは賛成出来ませんが、ほかに手立てがないとすると、用心棒を選択するのも致仕方ないことかと」

元之輔は笑いながら、キセルを吹かすのをやめた。

「田島、昨日と考えが変わったのではないか？　昨夜は、おぬし、御崎尽兵衛の話は信用ならぬ、娘御の身売りの話は嘘かも知れぬ、狸顔の扇屋を信用するな、詐欺かも知れないとか、えらく反対しておったが」

田島はきょとんとして言った。

「え、それがし、そんなことを言いましたか？」

「うむ。言った。酔った勢いもあろうが、弁舌爽やかにまくしたてていた」

「そうですかね。御隠居の聞き違えではござらぬか。それがし、酒に酔って、そんなことを言いましたかねえ。はい。何も覚えておりませんが。御隠居、もしかして、それがしをからかっておられませんか」

田島は疑《うたぐ》り深そうな目付きで、元之輔を睨んだ。本当にまったく覚えていない様子だった。

「まあいい。それで、わしは明日からしばらく用心棒として質屋大舘屋に詰めることになる」

「しばらく、と申されると、いつまでですか？」

「ひと月はいる約束だ」

元之輔は煙草盆を引き寄せ、キセルの火皿に指で莨を詰めた。火皿の莨を火種にあてて、キセルを吹かした。煙を胸に吸い込むと、頭が明晰になったような気がする。

田島は言った。

「御隠居が質屋に詰めるとなれば、それがしも、若党としてご一緒いたします」

「駄目だ。おぬしは留守居してくれ」

「そんな……」

「わしに代わって、調べてほしいことがある」

「なんでございましょう？」

「御崎尽兵衛の娘御のことだ。身売りの話は本当かどうか、御崎尽兵衛を訪ねて、調べておいてくれ。大事なことだ。娘御を救うために、わしは大舘屋の用心棒になるのだからな。嘘だったら……いや、嘘ではないと信じよう」

「畏《かしこ》まりました」

「六年前に亡くなったというお厘という仲居のこともだ。御崎尽兵衛の、江戸の恋女房ということだったが、これも嘘か真か調べてくれ」

「承知しました。お任せあれ」

田島は胸を叩いた。

「ところで、田島、おぬし一人で調べるのは、たいへんではないか。おぬしも、もう若くはない。昔のようには動けまい」

若党という名称だが、田島結之介も御役御免の歳である五十五歳は超えているはずだ。年寄りの田島が一人、歩き回って調べる姿を思うと胸が痛む。

「いやいや、御隠居、それがし、歳は取ってもまだまだ若い者には負けんつもりでござる」

田島は背筋をぴんと伸ばし、胸を張った。

だが、鬢《びん》には白いものが混じり、顔も喉元も歳相応に皺が増えている。顔には老人性の染みも出ている。

「分かった。だが、誰か手足になって働いてくれる者がいたら、使ってもいいぞ。給金も出そう」

田島は何か言いたげだった。

「……………」

「今回の大舘屋の用心棒が、うまく行けば、二十両以上貰えそうだ。その二十両は御崎尽兵衛の娘御のためにあてても、余りの何両かが手に入ろう」

「取らぬ狸の皮算用ではありませんか」

田島は眇で元之輔を見た。伝兵衛の狸顔に掛けていったらしい。

元之輔は顎を手で撫でた。

「かも知れん。だが、その時は、その時。先のことを、いまから心配しても始まらん」

「そうですな。後悔先に立たずと申しますものな」

「もし、手が必要ならば、若い者を使えばいい」

「……お許しをいただけるなら、若いもんを一人か二人、使いたいのですが」

「うむ。いいだろう。誰かおるか」

「中間をしていた勘助《かんすけ》が、いま食いつめてぶらぶらしているんです。あまり悪さしないうちに使ってやれば、やつも心を入れ替えて更生するんじゃないかと」

「勘助か……」

勘助の顔は元之輔も覚えていた。

まだ元之輔が江戸家老をしていた時、若党田島の下で働いていた若い中間だ。若いといっても、十年が経つから、もう三十路にはなっている。やや陰険な目付きの男だが、よく気が回る中間だった印象がある。

勘助はワルの中間仲間に誘われ、博奕に手を染めた。そのため、若党の田島から何度も叱責されていた。

元之輔が江戸家老を辞して隠退し、家督を誠衛門に譲るにあたり、奉公人のほとんどを誠衛門に引き取らせた。だが、勘助は素行の悪さが祟《たた》って、中間に雇われなかった。誠衛門に仕える若党が勘助を引き取るのを拒んだらしい。

「それがしのいうことなら、勘助もよく聞くと思うんです。親代わりでしたから。もし、使えなければ、今回で縁を切ります」

「いいだろう。田島の思う通りにやれ」

田島は俯いて言った。

「実は、もう一人、ぶらぶらしている出来の悪いやつがいるんですが……」

田島は言うか言うまいか、迷っている様子だった。

「いったい、誰だ？」

田島は言い難そうに、下を向いて、もじもじしていた。

「使えるか、使えないか分からないやつですが、もしお許しいただければ、一度使ってみたいのですが」

「わしが知っている者か？」

「はあ。存じておられるかといえば、よくご存知かと……」

「焦《じ》れったいな。誰なのか申せ。申さねば、分からぬではないか」

田島は肩をすぼめ、思い切ったように言った。

「……倅の文之介《ふみのすけ》です」

「おお、文之介か。いま、どうしている？　元気か？」

「はい。お陰さまで元気にやっています」

文之介は田島結之介の一人息子だ。

田島結之介は、桑原家の若党として勤めはじめてから、同じ武家奉公人の娘お松を後添いにした。お松は出戻りで、結之介よりも一回り年下だった。

元之輔は二人の祝言《しゅうげん》にも仲人として立ち合っていた。そして、二人の間に生まれたのが、文之介だった。

江戸家老をしていた時、文之介は結之介に連れられ、季節の折々に挨拶に来た。文之介は、目がくりっとした、いかにも聡明そうな少年だった。

「いま、いくつになった？」

「今年、十七歳になりました」

「そうか、もう立派な大人だな」

「いえ、まだまだ未熟者でして」

「いま何をしておる？」

「家でぶらぶらしております」

元之輔は訝《いぶか》った。

「はて、文之介は学問所に通っておるのではなかったか？」

文之介は学問好きで、少年のころから漢籍に通じていた。元之輔は文之介の才能に目をかけ、御上にお願いして、文之介を特別に江戸藩邸内にある藩の学問所に通わせていた。

武家奉公人は侍の恰好をしているものの、士分ではない。通常、武家奉公人の子は、いくら優秀でも、藩士の子弟が通う藩校や学問所に通うことは出来なかった。

それに田島結之介は元々幕府の足軽の出で、羽前長坂藩の者ではない。藩外の者は、そもそも藩校に入れない。

元之輔は、江戸家老の立場を利用し、御上に願い出て、文之介を藩外からの留学生として、藩校の分校である学問所に入れたのだった。

「倅は学問所を退学しました」

「どうしてだ？　何か悪いことをしたのか？」

文之介は、学問所では、藩士の子弟たちの中で、ずば抜けていい成績だと聞いていた。

「いえ。そうではなく、倅は学問所に居辛くなって、自ら退学を申し出たそうなのです」

「何があった。もしや、みんなから嫉妬され、いびられたのではないか？」

「……倅は何も言わないのですが、どうやら、御隠居が江戸家老をお辞めになったことも影響しているようなのです。みんなから、村八分にされたようなのです」

元之輔は慄然《りつぜん》とした。

村八分か。みんな、文之介に口をきかず、話もせず、無視したのに違いない。わしの後ろ盾があったから、みな我慢していたということか。

「そうか。みんなから、いじめられていたか」

おそらく藩士の子弟たちは、特別留学生の文之介が飛び抜けて優秀な成績なので、やっかんだり、嫉んだりして、後ろ盾がなくなったのを機会に、文之介をいじめたのに相違ない。

己れが隠退して隠居になったことが、田島の文之介にまで、影響を及ぼすとは夢にも思わなかった。

「文之介には可哀相なことをしたのう。それで、文之介は悄気《しょげ》ているのか？」

「いえ。却《かえ》って清々しているようです。もう漢籍なんか古いだなんて言い出して、これからは新しい学問をするんだ、と意気込んでいます」

「ほう。で、漢籍でなく、何を勉強したいと申しておるのだ？」

「それが、蘭学をやりたい、と。どなたからか判りませんが、なにやら蘭書を借りて来て、筆写を始めたりしております」

「なに蘭学だと」

元之輔は驚いた。

まさか、こんな身近に、同好の士がおったとは……。

元之輔は隠居した暁《あかつき》には、ぜひ、蘭学を学ぼうと思っていた。そのためには、和《オラ》蘭《ンダ》語《ご》を学びたい。長崎《ながさき》のシーボルト先生に弟子入りして、蘭学を学ぶ。それが、他人には言わぬ秘めた夢だった。

田島は首を傾《かし》げながら続けた。

「それで、倅は一日部屋に閉じこもり、訳の分からない蘭語の文字を筆写したり、声を張り上げて音読しています」

「おう、やるのう。で、蘭学を学んで、何をしたいと？」

田島は声をひそめた。

「それが、あろうことか御禁制を破り、海を渡って異国を見てみたいなどと、馬鹿なことを吐《ぬ》かしておるのです」

「ははは。海を渡り、異国を見たいか。若者らしくていいのう。若者は大志を抱かねばいかん」

「御隠居、とんでもない。親としては心配の種です。働きもせず、親の脛《すね》を齧りながら、そんな夢のようなことを言って、家で過ごされては堪《たま》ったものではありません」

田島はため息をついた。

「ともかく学問学問と言って、働こうとしない倅は、心配でなりません。それで文之介を少しでも働かせ、自立させたい、と思いまして。今回、もし、お許しいただけるなら、文之介に何か仕事を手伝わせたいのです」

「いいだろう。文之介のことは、わしにも責任はある。何か手伝わせてやれ。時に、学問以外にも世の中には面白いことがあるということを、教えてやれ。それも若い者には、いい体験になる」

「ありがとうございます。では、勘助と倅にも、何か手伝わせて、御崎尽兵衛の身辺を洗わせます」

田島は嬉しそうだった。

二

「お早うございます」

「お早うございます。御隠居用心棒様」

「お待ちしていました、御隠居様、ようこそ」

店の前に並んだ大番頭《おおばんとう》、小番頭、手代や見習い、丁稚《でっち》や女中たちが、一斉にお辞儀をし、元之輔を迎えた。

突然、小太鼓が打ち鳴らされ、三味線の音が鳴り響いた。店の前で祭り半纏《ばんてん》を着た男が、太鼓を叩き、芸者が三味線を弾いて唄い出した。三社祭り《さんじやまつ》の唄とお囃子《はやし》だ。

店の中から、振り鉢巻きに尻っ端折りした若い男たちと、揃いの小袖姿の娘たちが身振り手振りも綺麗に出て来たかと思うと、元之輔の周りで踊り出した。

時ならぬお囃子騒ぎに、浅草観音前の通りにいた参詣人たちは立ち止まり、たちまち人だかりを作った。

元之輔は面食らい、何事が起こったのか、と立ち竦んだ。

「御隠居様、初の御目見得、ご苦労さまにございます」

大旦那の大舘屋久兵衛がにこにこ顔で、元之輔を迎えた。

威勢のいい太鼓の音は続き、三味線も賑やかに掻き鳴らされ、芸者の唄が流れている。

大舘屋久兵衛の太った軀の陰から、扇屋伝兵衛の狸顔が現われ、元之輔に笑いかけた。

「伝兵衛、いったい、これは何の騒ぎだ？」

「御隠居様をお迎えする歓迎の儀式ですよ」

扇屋伝兵衛はにんまりと笑った。

「御隠居様、後ろをご覧ください」

通りには、通行人や参拝客が足を止め、野次馬になっていた。みな、元之輔たちを見て、ひそひそ何事かを話している。

「これで、明日の読売が楽しみというものです」

伝兵衛はほくほくして笑っている。

読売とは、江戸の街の出来事や事件、噂話を、庶民向けに面白可笑しく伝える瓦版《かわらばん》だった。

「伝兵衛、どういうことだ？」

「ともかく、明日を御覧《ごろう》じろです」

伝兵衛は含み笑いをして、大舘屋と顔を見合わせている。大舘屋久兵衛も先刻承知のようにうなずいた。

大舘屋が元之輔に頭を下げた。

「ご苦労様にございます。御隠居用心棒桑原元之輔様の御目見得披露は、これにてめでたく、お開きになります。桑原様におかれましては、まことに恭悦至極《きようえつしごく》に存じます」

店の奉公人たちが大きく喝采をして、元之輔を迎えた。

「よろしくお願いします。御隠居様」

唄やお囃子が止まり、踊っていた若い衆や芸者たちはぞろぞろと引き揚げて行った。

「さあ、お店の中へ」

大舘屋が元之輔を店の玄関に促した。

「さあさ、中にお入りになって、まもなく店を開きます」

「うむ」

元之輔は気を取り直し、玄関の暖簾の下を潜《くぐ》った。店内を見て驚いた。

店内が一変していた。屏風や仕切りが外され、店先の座敷は見通しがよくなり、広々としている。一夜で模様替えしたと見える。

外にいた奉公人たちが、ぞろぞろと店の中に戻って来た。

「さあさ、御隠居様、どうぞ、お上がりください」

大舘屋は手で元之輔を座敷に上がるように促した。接客する座敷は、ちょうど人が腰掛けるのにいい高さになっている。

「うむ」

元之輔は草履を脱ぐと、大刀を腰から抜き、手に携えて、座敷に上がった。

元之輔も初出勤とあって、本日は、どこに出ても恥ずかしくないように、黒紋付の羽織に袴姿だった。

大舘屋は先に立って案内した。

上がった座敷の先には縦格子柵に囲まれた帳場がある。帳場の脇を抜け、板の廊下に出ると、襖がある。大舘屋は、その襖をそっと開けた。

「こちらが、御隠居様がお控えになられる部屋でございます」

控えの間は小綺麗な四畳半の畳の間だった。床の間があり、梅の花を挿した花瓶が飾られている。背後に枯れ山水《さんすい》の掛け軸が下がっていた。

「こちらは庭になっています」

大舘屋は部屋の障子を開いた。

明るい陽光がさっと畳に差し込んだ。目の前に瀟洒《しょうしゃ》な山水が広がっていた。築山《つきやま》があり、その麓《ふもと》に湖に見立てた池。石橋が池に渡され、築山には梅や楓の木が枝を伸ばしている。築山の頂から滝に見立てた水が流れ落ちている。小さな流れの先には、鹿威《ししおど》しが設《しつら》えてあって、のんびりと青竹が石を叩いていた。

築山の背後に築地塀の瓦屋根が見える。

やや肌寒い風が部屋に入って来た。

「もう春とはいえ、まだ寒うございますから、閉めておきます」

大舘屋は障子を閉めた。

たしかに風が入ると、冷えた感じがする。

部屋の真ん中には、手かざしの火鉢が置いてあった。炭火が青白い炎を上げ、五徳に載った鉄瓶がちんちんと音を立てている。

「こちらで、しばらくお寛ぎください。女中にお茶を持って来させます」

「うむ」

元之輔は腰の大小を床の間の前の刀掛けに掛け、火鉢の前の座布団に座った。

「お莨でもどうぞ」

大舘屋は煙草盆と長キセルを差し出した。

「かたじない。それがし、キセルを持って来るのを忘れておった」

「どうぞどうぞ。お好きなようになさってください」

襖が開き、のっそりと扇屋伝兵衛が入って来た。

「御隠居様、お部屋の具合は、いかがです？」

「小綺麗でいい部屋だ。落ち着く」

「それは良かった。ここなら、文句はありませんな」

伝兵衛も部屋の中を満足気に見回した。

元之輔は、ふと気になった。

「大舘屋、これまで雇った用心棒たちも、この部屋で見張っていたのだろうな」

「いえ。それが……」

大舘屋は扇屋伝兵衛に助けを求めた。

伝兵衛は苦笑いを浮かべた。

「御隠居様、浪人者たちは店先からも遠い奥の部屋に控えていたのです。それも布団部屋のような暗くて狭い小部屋に入れられていた。そうですな、大舘屋さん」

「はい……」

大舘屋は太った軀を小さくしてうなだれていた。

扇屋伝兵衛は大舘屋を詰《なじ》るようにいった。

「浪人たちは酷い待遇に怒った。だから、三日と居なかった。恨みも募らせた。違いますかね、大舘屋さん」

「はい。その通りです」

大舘屋は身をすくめた。元之輔は首を傾げながら言った。

「どうして、その浪人たちをこの部屋に入れなかったのか？　離れた奥の部屋では、いざという時、店先に駆け付けることが出来ないと思うが」

伝兵衛が笑いながら言った。

「御隠居様、そこで問題なのは、用心棒の風体なのですよ。襖が開いていれば店先から丸見えのこの部屋に、見るからに風体の悪い、身形も悪い浪人者が胡坐をかいてふんぞり返っていたら、質入れに来たお客たちは、豪《えら》いところに来てしまったと縮み上がる。それでなくても、客の多くは人目を避けて、いわくのある質草を持ち込み、少しでも多くの金を借り出したいと思っているのに、こんな危なそうな質屋に大事な品物を預けられるか、と逃げ帰ってしまうでしょう」

「……浪人たちの風体が人を寄せぬというのだな」

人は見かけだけで判断してはならぬ。

元之輔は扇屋の弁に、そう言いかけたが、あえて言わなかった。貧しくすさんだ生活をしている食い詰め浪人たちの風体を思うと、扇屋の言い分も判らないでもなかった。

扇屋が大舘屋の顔を見ながら続けた。

「この大舘屋さんは、ほかの質屋よりも、なにより客筋が上質でかなりいい。直参旗本御目見以上から、諸大名大奥の御老女や御女中、やんごとなき方々、上野の山の高僧、地方大藩の勘定方、さらには大富豪の商家の旦那衆まで顔を出すことがある。そうした方々が、人には言えぬ事情を抱えて、密かに訪ねて来て、金策をなさる」

「………………」

大舘屋は大きくうなずいた。

「そのあたりの事情については、江戸家老、留守居役をなさっていた御隠居様の方が、御詳しいのでは」

「うむ。我が藩も密かにお世話になったかも知れないな。そんなことは口が裂けても、言えぬことだが」

元之輔は顎をさすった。伝兵衛は笑いを頰に浮かべて続けた。

「そうした方々が、風体の悪い、薄汚れた身形の用心棒が、目付きや形相も悪く、じろじろと入って来る客を見ていると知ったら、いかがいたしますか？　お客様は、こんな怪しい店は嫌だと、ほかの質屋に行ってしまうでしょう」

「もし、風体、見かけが悪いと申すなら、大舘屋が金を出し、用心棒を湯屋に行かせ、髪結に不精髭を剃らせ、髪を整えさせ、身形も上質の着物や袴を与え、裃姿にさせたらば客に失礼にはならぬのではないか？」

元之輔は、内心腹立ちを覚えながら、皮肉を込めて言った。

大舘屋は、「もちろん、そうしました」とうなずいた。

「御隠居様のおっしゃるように、御浪人たちを、身綺麗にするように、お金を出し、湯屋に送り出し、髪結床に回るようお願いしました。ところが、あろうことか、御浪人二人は渡したお金を懐にすると、店に二度と戻って参りません」

「……………」

「一人はお戻りになったのですが、その御浪人は、渡した金で酒を飲み、湯にも髪結床にも行かず、へろへろでした。もちろん、身形風体は変わらず前のまま。それでも、本人は湯には入った、髪結床には行ったと言い張る。私は正直怒りました。信頼を裏切るにもほどがある。で、その方には即刻お帰りいただきました」

伝兵衛が話を引き取った。

「その浪人者たちは、大坂屋や駒込屋が派遣した者たちですな。うちが派遣した二人ではない」

伝兵衛は大舘屋に念を押した。大舘屋もうなずいた。

「さすが、扇屋さんは違う。うちに派遣されて来た御浪人二人は、来る前に、すでに湯に入り、髪結床で髭を剃ってから御出でになった。身形や風体もきちんとなさっていた。ですが……」

伝兵衛が代わって言った。

「だが、その二人も根は正直でいいのですが、困り者でしてね。こういってはなんですが、二人とも立ち居振る舞いがいま一つでして、その上に、少々気品がない。使う言葉も地方の訛《なま》りが強く、鄙《ひな》びておりましてね。言葉使いは直しようがあるが、気品はどうも。いくら着飾っても、上品には見えない」

元之輔は伝兵衛の田舎者への差別意識を感じて、少々不快になったが、堪えて訊いた。

「その二人は、どちらの出でござったかな」

「一人は会津《あいづ》者、もう一方は、肥後《ひご》もっこすでしたが、ともかく二人とも訛りが強うございました。どちらも、あいにく上士ではなかったので、どうしても、それが立ち居振る舞いに表れてしまう」

「……それがしも、上士ではないが」

「御隠居様は別ですよ。上士の身分ではなかったから、余計、子どものころから人よりも学問に励み、学識や見識を深めてきた。それが御上に認められ、御側衆に引き上げられ、ついには江戸家老にまでなった御方。ただの普通の人とは違うんですから」

伝兵衛は、憤然として言った。

「…………」

元之輔はなんともいいようもなく、黙った。

大舘屋が伝兵衛に代わって話した。

「御浪人は二人とも、ですが妙に気位が高く、頑固で意固地、融通がきかない。特に相手が上士や藩の上役と見ると、なぜか、頑なに敵愾心《てきがいしん》丸出しになる。これでは、やはり商売に差し支えると、三日ほど経ってから、扇屋さんにお話しして、二人ともお引き取り願いました」

浪人二人とも、おそらくかつて上士や上役に虐待されたり、無視されたことがあり、その時に受けた屈辱が忘れられず、上士や上役と似た人間を見ると、つい意固地に反発してしまうのではないか、と元之輔は思った。

劣等感は人を惨めにする、卑屈にもする。そうなると、人は逆に優越感を得ようとして、上士や偉い人を見ると、無性に反発したくなる。若いころの自分がそうだった。

伝兵衛が言った。

「仕方がありませんな。二人は決して人柄は悪くないのですがね。人には持って生まれたものがございましょう？　人品《じんぴん》いやしからぬ気高さとか雰囲気というものが」

元之輔はむっとして言い返した。

「人は生まれよりも育ちと申す。生まれながらに、人品は備わるものではござらぬ。育ちさえ良ければ、どんな人間も気品が付き、立派になり申そう」

元之輔は、子どものころ、上士の子たちから、ことあるごとに意地悪をされたのを思い出していた。

上士の子だから気品があるだと？　ふざけるな。親の威光を借りた上士の子のどこに、生まれながらの気高さや気品があるというのだ？　あるのは人をいたぶっても平気な、人でなしの傲慢さではないか。あやつらに人としての威厳や気位などない。

伝兵衛と大舘屋は、元之輔が怒ったのに気付き、互いに顔を見合わせた。二人は慌てて言った。

「御隠居様、何かお気に障るようなことを申しましたか」

「失礼なことを申し上げていましたら、お詫びいたします」

元之輔は、我に返った。

「いやいや」と手を振って言った。

「ちと、昔あった嫌なことを思い出してしまい、あらぬことをいってしまった。年寄りの世迷言《よまいごと》でござる。二人とも、どうぞ、お気になさらぬように」

大舘屋は、ほっと安堵のため息をついた。

扇屋伝兵衛も安心していった。

「私も大舘屋さんも、あの浪人たちとは違って、御隠居様はただ黙って、ここにお座りになっているだけでも、用心棒の役目を果たしていると申し上げたかったのです」

「……そんなことはないだろう」

大舘屋も言った。

「そうなのです。御隠居様は、風体も見栄えもいい。こちらにお座りになり、店内を見ているだけでも、威厳を放っている。客は、ああこの店なら安心だ、御隠居様のような方が、用心棒として見張っている。ここなら安心して、質草を持ち込めるのではないか……」

元之輔は尻をもぞもぞと動かした。

「……世辞をいうのも、そのくらいにしてくれ。それがしは煽《おだ》てに弱い。どうも尻が痒い」

「ああ、失礼いたしました。もう言いません」

伝兵衛は大舘屋と顔を見合わせて笑った。

元之輔は長キセルの火皿に莨を詰めた。火皿を炭火に近付け、すぱすぱとキセルを吸った。

店が開いたらしく、「いらっしゃいませ」という声が響いてきた。

大舘屋が元之輔に言った。

「そろそろ客が入って来ましたので、私は席を外します。店内には居りますので、御用がある場合は誰かに言ってください」

「うむ。了解した」

「手の空《あ》いている者から、順にご挨拶に上がりますので、よろしくお願いします」

「分かった。これまでの脅迫や嫌がらせについて、誰に聴いたらいい？」

「大番頭の余衛門《よえもん》にお尋ねください。余衛門が、すべて知っていますんで」

「よし、分かった」

大舘屋は扇屋伝兵衛に向いた。

「扇屋さん、どうぞ、ごゆるりと」

「分かりました。御隠居のお相手は、私がしています」

「お願いいたします」

大舘屋は立ち上がり、襖を開けて出て行こうとして、ふと足を止めた。

「御隠居様、こちらは開けておきますね。お座りになったまま、そこから店内が一望出来ますので」

「うむ」

たしかに部屋の中に居ながら、店内の人の動きが一目でよく判る。いざ店で何か起これば、すぐに駆け付けることが出来る。

「では」

大舘屋は一礼し、襖を開けたまま、帳場に出、大番頭に何事かを耳打ちして、店の座敷へ出て行った。

店に新しい客が入る気配があった。

客は商家の番頭らしく、風呂敷包みを抱いて、腰を低くしながら、店内をきょろきょろと見回した。帳場越しに、元之輔を見ると、ちょこんと頭を下げた。

見知らぬ男だったが、男ははっきりと自分に対して会釈をしていた。元之輔はすぐに会釈を返した。

客はおずおずと座敷の端に腰掛け、応対に出た小番頭と何やら話を始めた。

扇屋伝兵衛が、そっと囁いた。

「御隠居、いまの客をご覧になったでしょう。御隠居がここに座って居るだけで、客は御隠居に気付いて会釈をした。御隠居がいるのを見ただけで、客は、ああこの店は変な店ではないんだなと安心するんです」

「そうかのう」

「では、どうして、客は頭を下げたんです」

「……それがしは、いってみれば、毘沙門天《びしゃもんてん》か、阿弥陀《あみだ》様みたいなものかの」

元之輔は苦笑いした。

伝兵衛はにやっと笑ったが、何もいわず、懐から短いキセルを出した。莨を火皿に詰め、炭火に火皿をかざす。

「失礼します」

大番頭が廊下から膝行して部屋に入り、頭を下げた。

「御隠居様、わたしは大番頭の余衛門と申します。よろしゅうお見知りおきくださいませ」

元之輔は、余衛門の顔を見た。余衛門は真面目で実直そうな男に見えた。濃い眉の下に細い糸のような目がある。顎は角張っており、頑固そうな顔をしている。

「おぬしに訊きたいことがある」

「なんでございましょう？」

「大舘屋への死ねという脅迫や嫌がらせの数々、大舘屋からも聞いたが、いつから始まった？」

余衛門は顔をしかめ、ちょっと考え込んだ。

「ひと月ほど前からですから、二月中旬からか、と」

「最初は何があった？」

「玄関に貼り紙があったんです。紙に下手くそな字で、大旦那は死ね、と大書してあったんです」

「署名は？」

「ありません。ただ死ね、とだけでした」

「大舘屋殿は、それを見て、どうした？」

「あくどい悪戯だな、と下男に手渡して燃やさせてしまいました」

「誰が書いたか、大舘屋殿に気付いた様子はなかったか？」

「いえ、まったく心当たりはないと言ってました」

「大番頭さんは、大旦那が恨まれるような、何か心当たりはないか？」

「……ありません。恨まれるようなことはしていません」

「屋敷に火を付けるという脅しもあったそうだが、それはいつだ？」

「最初の貼り紙の後、二、三日経ってからでした」

「猫の死骸が玄関先に置いてあったそうだが、それは、いつのことだ？」

「さらに二日後でした。猫の死骸とともに、そして貼り紙があり、近日中に店に押し込み、お命頂戴いたすとあったのです」

「大旦那は、どうした？」

「さすがの大旦那様も無視しておけず、町方に届けたものの、ただの脅迫だけでは、役人は動けない。何か実害があれば別だが。恐かったら、用心棒でも雇うんだな、と言われました」

伝兵衛が口を開いた。

「それで、どうして、大坂屋や駒込屋に行ったのです。大舘屋久兵衛さんと私は結構懇意にしていたのに。同じ口入れ屋でも、わざわざ評判が悪い大坂屋や駒込屋なんかに相談するなんて」

「……私が悪いんです。正月明けに、大坂屋さんや駒込屋さんが相次いで、質入れにやって来て知り合っていたもんで、大旦那様から口入れ屋の話が出た時、扇屋さんよりも先にあちらさんに声をかけてしまったんです」

余衛門は俯き、頭を掻いた。

「いまさら言っても仕方がないが、口入れ屋にも、ピンからキリがあるのを知っていてほしいですな」

伝兵衛も、言葉の矛《ほこ》を納めた。

「へい。申し訳ありません」

大番頭は頭を掻き掻き、帳場に戻って行った。元之輔は、大番頭の後ろ姿を見ながら言った。

「伝兵衛、おぬし、いまの話、どう思った」

「どう思ったって、何をですか？」

「大坂屋と駒込屋が、一月に質入れにやって来て、大番頭と顔見知りになった。二月に脅迫や嫌がらせが始まり、大番頭は大坂屋や駒込屋に掛け合い、用心棒を派遣してもらうようになった。妙に何か符合しないか？」

「……ははあ。先に火を付けておいて、後で消しに来るということですか」

「おそらく」

伝兵衛は合点して、にやりと笑った。

「いかにも、大坂屋や駒込屋のやりそうなことですね。分かりました。同じ口入れ屋として、許しておけない。私が調べてみます」

「うむ。頼む」

用心棒の仕事は、町方の同心のように、犯人を捕らえることではない。雇い主を護ることだ。元之輔は、少しばかり、用心棒のこつを摑んだように思った。

「失礼いたします」

女の声が響いた。

突然、三人の女中が廊下に現われ、静々と部屋に入って来た。一人はやや年増の女で、二人の若い女は盆を高く捧げ持っている。盆には湯呑み茶碗と羊羹が載っていた。

三人は真剣な面持ちで、元之輔の前に並んで座った。揃いの小袖を着込み、頭は流行りの高島田《たかしまだ》に結っていた。三人は元之輔に深々と頭を下げた。

元之輔は伝兵衛と顔を見合わせ、思わず膝を揃えて座り直した。

年増の女がきりっとした細面の顔を上げ、挨拶の口上を述べた。

「私は女中頭の菊《きく》と申します」

左隣の若い娘が「梅《うめ》と申します」、右隣の娘が「楓《かえで》と申します」と続いた。娘たちはにこっと微笑んだ。三人とも丸顔の美形だった。

「御隠居様、よろしゅうお願いいたします」

と一斉に口を揃えて言い、頭を下げた。

元之輔は、「こちらこそ」といった。挨拶を終えると、梅と楓は無言のまま膝行し、それぞれ盆を元之輔と伝兵衛の前に置いて下がった。盆には湯気を立てたお茶の湯呑み茶碗に、羊羹が添えられていた。

「粗茶ですがどうぞ。では、ごゆるりとお過ごしくださいますよう」

お菊はにこりともせず言い、また三人は頭を揃えて下げ、来た時と同じように、静々と退室して行った。

元之輔はほっとして膝を崩した。

「まるで、格式のある大奥の御女中たちみたいではないか」

湯呑み茶碗に手を延ばし、口に運んだ。上質な秩父茶《ちちぶちゃ》の香がする。伝兵衛は笑った。

「御隠居、ですから大舘屋は普通の質屋ではないんです。ここには商家の御大尽《おだいじん》、札差《ふださし》の旦那衆だけでなく、諸藩の御偉いさんたちが、金策や質入れのため、しょっちゅう出入りしています。その方々に失礼にならぬように、ああした御女中衆も置いているんです」

「御免ください」

今度は腰の低い小番頭が手代を引き連れて現われた。小番頭は、がたいの大きい男だった。図体《ずうたい》が大きい割に、顔は優男《やさおとこ》で、しかし機敏な動きをする。何か武芸を身に付けているのでは、と元之輔は睨んだ。

「私は寅吉《とらきち》と申します。この手代は……」

「真次《しんじ》と申します」

真次はぺこりと頭を下げた。真次は寅吉とは対照的に背が低い小男だった。

小番頭の寅吉が言った。

「御隠居様、大番頭から、いまのうちに、店の中を一回り案内するよういわれてます。いかがでしょうか」

「うむ。頼む。案内してくれ」

元之輔は詳しく屋敷の内外を見て回りたいと思っていたところだった。

「へい。では、ご案内します」

元之輔は席を立った。

「私もご一緒します」

伝兵衛も一緒に立ち上がった。

元之輔と伝兵衛は、小番頭の大柄な軀の後について、廊下に踏み出した。

三

元之輔と扇屋伝兵衛は、小番頭の寅吉に案内されて、屋敷の内外を見て巡り、また控えの間に戻った。伝兵衛は「また明日に」と引き揚げて行った。

元之輔は控えの間に座り、女中の梅が持って来た煎茶を啜りながら、いま見てきたばかりの屋敷の様子を頭の中で反芻した。

かなり広大な屋敷だった。元はどこかの藩の武家蔵屋敷だったらしく、屋敷の裏手には白亜《はくあ》の壁の蔵が三棟並んでいた。蔵はいずれも、火事や地震があっても、びくともしないような頑丈な造りだった。

三棟ある蔵は、左から一之蔵、二之蔵、三之蔵と呼ばれており、小番頭寅吉によれば、お客様たちの大事な品々を質草としてお預かりしている、とのことだった。

それも等級があり、一之蔵には国宝級の最上等の貴重な品が納められ、二之蔵がそれに準じる大事な宝物が納められている。三之蔵には、その他、武家から庶民までの質草が納められているとのことだった。

どんな人たちの品を預かっているのか、と尋ねると、寅吉は困った顔になり、それは大旦那様にお訊きください、と躱《かわ》された。寅吉の口振りから推測するに、一之蔵には、将軍家や御三家御三卿、徳川親藩、あるいは、やんごとなき宮家からの預かり物が納められているらしい。

そのため一之蔵の警戒は特に厳重で、扉には二重に錠前が掛けられていた。品物の出し入れには、必ず大旦那の大舘屋久兵衛が立ち合う決まりになっているという。

二之蔵は次に厳重だが、大旦那でなくても、大番頭の余衛門が立ち合えばいいことになっていた。どうやら、譜代大名家や地方の藩からの預かり物が納められている様子だった。

三之蔵となると管理は緩くなり、番頭以外の手代、場合によっては丁稚でも出入り出来ることになっていた。

寅吉によれば、一之蔵や二之蔵には、秘蔵の宝物が収納されており、滅多に蔵出しすることはなく、質流れすれば、莫大な金になる品々ばかりとのことだった。

そんな貴重な財宝を、大店とはいえ、市井《しせい》の質屋に預けて、金を借りるほど幕藩は困窮しているのか、と元之輔はいまさらながらに驚いた。

元之輔はキセルを銜《くわ》え、莨を吸い始めた。

屋敷の前半分は店舗として使われており、後ろ半分は、番頭以下の奉公人たちの居住に使われていた。

大旦那の大舘屋久兵衛は屋敷内には住んで居らず、本所《ほんじょ》にあるという本宅の仕舞屋に、お内儀や子どもとともに住んでいる。

武家蔵屋敷の名残りもあり部屋数は多い。大番頭夫婦は、かつての屋敷頭取の部屋に住んでいる。独身の小番頭寅吉や手代真次は、一つずつ部屋を与えられ、丁稚や見習いの小僧は大部屋に身を寄せ合って住んでいた。

女中部屋もあり、女中頭のお菊をはじめ、梅や楓たちが住んでいた。台所の隣の部屋には、下男夫婦が居住していた。

屋敷を真直ぐに貫く廊下があり、その突き当たりの奥まったところに、使わない調度品や質流れになった品を置いた部屋があり、それに並んで三畳ほどの薄暗い布団部屋があった。寅吉は、その前を素通りしようとしたが、元之輔が足を止めた。

寅吉は言いにくそうに、この部屋が用心棒に雇われた浪人者たちが居た部屋だと明かした。

部屋の三方は押し入れと漆喰《しっくい》の壁で窓はない。出入りは廊下に面した襖。その襖も閉じられたら、部屋は真っ暗になり、昼も夜も分からない。まるで座敷牢ではないか。

元之輔は、こんな狭い部屋に入れられた浪人者たちが気の毒になった。いまの控えの間と比べると、天と地ほどの差がある。

扇屋伝兵衛も自分が用心棒として送り込んだ浪人たちが、こんな部屋に入れられたのか、と嘆いた。

いくら三食付きで、お金が貰えるとはいえ、この扱いは酷い。おそらく屋敷内をうろつくのも禁じられ、女中はおろか、丁稚や下男下女と話をする機会もないだろう。いざ店で何かあった時にしか、呼び出されない。こんな用心棒生活は、自分にはとても耐えられない。おそらく三日続けたら、馬鹿馬鹿しくなって逃げ出すに違いない。

元之輔は、金を貰ったまま逃げた浪人者たちを責められないと思った。

元之輔は煙が出なくなったキセルの首を火鉢の縁にあて、火皿の灰を火鉢の中に落とした。また莨を火皿に詰めながら考えた。

屋敷の周囲は、蔵屋敷の名残である頑丈な築地塀に囲まれていた。

屋敷の西側の築地塀に裏口の木戸があった。裏木戸には番小屋があり、昼の間は木戸番を兼ねた年寄りの男がいた。事情がある客は裏木戸からも出入り出来るようになっていた。

もし、外から屋敷に押し込もうとしたら……。

築地塀の屋根に取り付くのさえ、手掛かり足掛かりがない。塀を乗り越えるためには、長梯子《ながばしご》や踏み台を用意したりしなければならない。一人では築地塀によじ登るのも容易なことではない、と見て取った。

「そんな安物ではないぞ、けしからん」

店の座敷の方から、怒鳴り声が上がった。

元之輔は店内に目をやった。

紋付袴姿の武家の男が土間に立ち上がり、大番頭を怒鳴り付けている。

「……この甲冑《かっちゅう》は、我が藤田《ふじた》家のご先祖様がご使用になられた大切な家宝だ。その大事な家宝にそんな安い値を付けおって、けしからん。店主を出せ」

「お侍様、いま、大旦那は別のお客様のお相手をしております。御呼びしても、すぐには……」

大番頭は正座したまま、激昂《げっこう》する侍を宥《なだ》めようと、ひたすら頭を下げている。だが、値段については一歩も引かぬ構えだった。

見習いの小僧が小走りに控えの間にやって来て、元之輔の前に座り、頭を下げた。

「御隠居様、大番頭がお呼びです」

「うむ。分かった。いま参る」

元之輔は、これが初仕事か、と思いながら立ち上がった。床の間の刀掛けの大刀に手を掛けたが、思い直した。小刀だけを取り、腰に差した。

用心棒心得その二、人を殺すことなかれ、だ。

声を荒らげた侍に、刀を取って威嚇する必要はない。

元之輔は、帳場の格子柵を回り、怒鳴る武家がよく見えるところまで足を進めて、大番頭の近くに座った。大番頭の余衛門が、ほっとした表情になった。

「そもそも、我が曾祖父様が……」

侍は元之輔の姿に気付いて、ちらっと目を走らせた。声の調子がやや落ちた。

「……関《せき》が原《はら》の合戦《かっせん》の折、公方様にお味方した我が曾祖父が身に着けて、合戦に臨んだ具足でござる。それをなんということか……」

侍の怒声の勢いが少しばかり弛《ゆる》んだ。侍は、無言で座っている元之輔が何者か、気になって仕方がない様子だった。

侍は黒紋付羽織に袴姿だったが、近くで見ると、袴は長年使用されているらしく薄汚れて、ところどころ綻んでいた。黒紋付の羽織も着古したもので、いくぶんか黒い色がくすんでいる。襟は汚れでてかり、袖は綻びが見えた。

だが、侍の月代には剃りが入れられ、髷もきちんと結われている。頬や顎も剃刀をあてられ、不精髭もない。身形から生活は貧しいものの旗本か御家人と見えた。

余衛門は、目の前に立てられた大きな鎧兜《よろいかぶと》を見ながら言った。

「お侍様、これはたしかに年代物の、たいへん見事な鎧兜ではございますが、どのようないわく因縁《いんねん》がございましても、当世ではただの飾り物の骨董品にしか過ぎません」

「なんと、我が先祖から伝わる家宝の鎧兜が、ただの飾り物の骨董品だと申すのか」

「はい。それも、傷物の骨董品。もし、質流れになりましても、二束三文《にそくさんもん》にしか売れないでしょう」

「な、なに。どこが傷物だと申すのだ」

侍はいきり立った。だが、元之輔を気にして、座敷に正座した大番頭に対し、摑みかかることはなかった。

「お侍様、こんなことを申し上げてはなんですが、この鎧兜、いろいろ、欠けたところがございます」

「なにい。いま一度いってみろ」

「ここをご覧ください」

余衛門は平然として、兜鉢の下端の錣《しころ》を指差した。

「小札《こざね》を結ぶ縅毛《おどしげ》が切れたのを、麻紐で繕ってある。それだけではありません。本来あるべき、肩上《わたがみ》が取り外されて無いではありませぬか」

「さ、さようか」

「この胴の上部と大袖の間にある鳩尾板《きゅうびのいた》も無い。胴の前面にあるはずの弦走《つるばしり》の鹿革も、おそらく山羊の革と取り替えられておりますな」

「そ、そんな馬鹿な」

侍は慌てて座敷に上がって膝行し、立てられた甲冑を手で触って調べていた。

「申し訳ありませぬが、当店では、質草としてお預かりしても、五百文がせいぜいでございます」

余衛門は勝ち誇ったように言った。

「……一両、いや一分にもならぬか」

侍は狼狽えた。

「はい。五百文でも、いい値段かと」

「……さ、さようか」

侍は座敷の上でがっくりと座り込み、肩を落とした。

元之輔は、侍が気の毒になった。

「お待ちなさい」

元之輔は立ち上がり、立てられている大鎧に歩み寄った。

「御隠居様……」

余衛門が戸惑った。

元之輔は大鎧を上から下まで、前横裏と丹念に見回した。そして、侍に言った。

「これは、見事な御家宝だ。いくつか繕いや欠けたところはあるが、これだけでも、目がある骨董屋に持って行けば、かなりの値段が付く」

「さ、さようか。どのくらいの値打ちがありましょうか」

「そうですな。素人目のそれがしでも、二百両や三百両の値はするかと思うが」

「二、三百両も……」

侍の顔が急に明るくなった。

余衛門が驚いて、元之輔に訊いた。

「御隠居様、どうして、これにそんな値が付くと申されるのですか」

「わしの浅薄《せんぱく》な知識ではあるが、この大鎧は胸板に残った古い刀傷といい、大袖の矢傷といい、合戦に使われた鎧兜と見立てる。それも、この大鎧は、関が原合戦よりも、ずっと古い源平《げんぺい》合戦に活躍した由緒ある鎧兜と思われますな」

「そ、そんな古い鎧兜でござるのか」

侍は驚きの声を上げた。

余衛門が慌てた。

「御隠居様、私の見立てが間違っているとおっしゃるのですか?」

「いや、そうではない。おぬしの方が正しいだろう。それがしの見立ては、あくまで素人目だ。しかし、この大鎧は、それがしの目には、ただの古武具には見えぬ。これを着た武者の魂が宿っているように思うのだ」

「はあ?」

余衛門は大鎧を恐る恐る見上げた。

のそっと立てられている大鎧の中身は空《から》なのだが、外見はまるで人がまとっているようにも見える。

侍も、大鎧をまじまじと見入っていた。

元之輔は、侍に言った。

「悪いことは言わぬ。この家宝の武具、ぜひ、骨董品屋に持ち込んで、鑑定してもらいなさい。きっといい値が付いて売れるはずだ」

侍は、戸惑った顔になった。

「御隠居殿、それがし、ありがたいお言葉ながら、我が家の家宝、骨董品として売るつもりはないのでござる」

「なに、では、なぜ、質屋に持って参ったのだ？　質流れになれば、元も子もないが」

「はい。それは分かっております。一時、質草として預けて、二十両ほどをお借り出来れば、と。大事な家宝でござる。質流れになる前には、二十両を工面し、利子も付けて、返金し、家宝を引き取るつもりなのです」

元之輔は二十両と聞いて、侍を見た。

「……おぬしも二十両か」

「はあ？」

「いや、何でもない」

元之輔は慌てて気を取り直した。

この男も、なんとしても二十両を作らねばならない事情を抱えている。その事情が何かは分からぬが、娘を身売りさせまいと必死な御崎尽兵衛を連想した。

元之輔は余衛門を振り向いた。余衛門は憮然《ぶぜん》として座っていた。元之輔は言った。

「大番頭さん、そういう次第だ。それがしに免じて、この侍の願い、なんとか叶えてあげられないものかの」

「御隠居様、申し訳ありませんが、当店には当店の……」

「大番頭さん、御隠居様のおっしゃる通りにしなさい」

後ろから大舘屋久兵衛の声が響いた。

いつの間にか大舘屋久兵衛が、後ろに座って聞いていた。

「大旦那様……しかし」

余衛門は狼狽えた。

元之輔は振り向いた。

「おう。大舘屋、そこで聞いておったのか。おぬしなら、この大鎧をどう見立てる?」

「御隠居様の評価に、私も同感いたします。私も、その大鎧は源平合戦時代のものと思います。結んである緘糸はかつては真っ白なもので、それが時代を経るうちに黄ばんで古くなり、くすんだ黄褐色になったのでしょう。おそらく源氏の武将が身に着けた大鎧ではないか、と見立てますが」

「大舘屋も、やはり、そう思うか」

元之輔は満足気にうなずいた。

「大番頭さん、そのお侍に大鎧を質草として、お預かりし、二十両を用立ててあげなさい」

「はい。分かりました。大旦那様がそう申されるならば……」

余衛門は不満げな顔で立ち上がり、帳場に戻って行った。

侍は、座敷の畳の上に、がばっと両手をついて平伏した。

「どちらの御隠居様かは存じませんが、お助けくださり、まことにかたじけない。店主の大旦那様のありがたいお言葉にも、心から感謝いたします」

元之輔は手を左右に振った。

「いやいや、それがしは何もしなかったですぞ。ただ、この大鎧を見て感じたことを言っただけでござる」

余衛門が手に帳面を抱えて帳場から戻って来た。侍の前に帳面を開いて言った。

「これにお名前をお書きください。大鎧を担保にしてたしかに金二十両を受領したという署名です」

「はいっ」

侍は素直に帳面に筆を走らせた。

大番頭の余衛門は、白紙に包んだ金子を侍に手渡した。

侍は紙に包まれた二十両の金子を確かめて懐に仕舞うと、何度も大舘屋や余衛門に頭を下げ、そそくさと店から出て行った。

「大旦那様、本当に、これでいいんですか」

余衛門は困った顔で店主の大舘屋を見た。

「うむ。いい」

「質屋は、人助けではありますが、慈善を施すわけではない、とおっしゃっていたではないですか」

「……分かった分かった」

大舘屋は大番頭の余衛門を宥め、小番頭の寅吉を呼んだ。

「この大鎧、三之蔵に納めておくれ」

「へい」

大男の寅吉は大鎧を台座ごと持ち上げ、軽々と裏手に運んで行った。

次いで、大舘屋は、丁稚に骨董屋を呼びに行かせた。そうしている間にも来客があり、手代が大舘屋を呼びに来た。

「大旦那様、お客様がお越しです」

裏口の通路から、編笠を被った恰幅のいい武家が一人現われた。

大舘屋は、ちらりと武家を見ると、手代に客間に通すように言った。手代は素早く引き返し、武家を座敷に上げた。武家は編笠を脱ぎ、手代に案内されて廊下に消えた。

編笠を外した時、ちらりと武家の顔が見えた。見覚えのある顔だ。

某藩の勘定方の要路。

用心棒心得その一。すべて忘れろ。

元之輔は、すぐに武家のことを頭から消し去った。

大舘屋は、大番頭に何事かをいい、そそくさと客間がある廊下に消えた。

元之輔も控えの間に戻り、火鉢の前に座った。

かくして、元之輔の御隠居用心棒の生活が始まった。

四

店には、ひっきりなしに質入れ客が現われた。

初めは退屈するか、と思われたが、どっこいそうではなかった。

どこからか盗んで来たと思われる仏像を質入れしようという不心得者。大きな祭り太鼓を担いで来た町奴《まちやっこ》。汚れた蒲団やぼろぼろに毛羽立った畳を担ぎ込んで来る長屋の住人。

どこかの神社の賽銭箱《さいせんばこ》を担ぎ込んだやくざ者。懐から親の位牌を取り出し、質草にしようとする者もいた。

かと思うと、店先でいきなり着物を脱ぎ出し、褌《ふんどし》一丁になり、脱いだばかりの薄汚い着物を座敷に叩き付け、これでいくら金を貸してくれる、と凄む者もいた。

町人だけではない。武家の客も少なからず訪れた。

いわくありげな、枯れ山水の掛け軸を何本も持ち込む、いやしからぬ風体の武家。武家屋敷の玄関先によくある虎の絵柄の腰高屛風を担いできた、うらぶれた格好の武家もいた。

大きな有田焼《ありたやき》の絵皿を持ち込む者、由緒ありげな備前焼《びぜんやき》の大きな甕《かめ》を持ち込む者。立派な桐箱に納まった伊万里焼《いまりやき》の壺を取り出し、質入れする者。そうした武家は、どこかの藩邸の者で、店の番頭とも顔見知りの常連らしかった。こまめに金策に来ているらしい。

どこかの藩の奥女中らしい風体の女が現われ、大番頭相手に、簪や手鏡、櫛を差し出して、質入れの交渉をする。

手拭いで頬っ被りした浪人者が腰の大小の刀を質入れし、なにがしかの金を手にすると、こそこそと裏口から出て行く姿もあった。

元之輔は、日長、控えの間に座っているだけで、世情を見る思いだった。

やがて、あたりが暮れなずむころになり、店仕舞いすると、大舘屋が控えの間にやって来た。

「御隠居様、いかがでしたか？」

大舘屋は笑いながら訊いた。

「いやあ、驚きましたな。まるで落語噺を地で見聞きしているようで。世の中、本当に呆れるようなことが平然と行なわれているのがよく分かりました。勉強になりました」

元之輔はため息をつきながら言った。

「いやいや、今日なんかは良い方です。先日には、老いたお袋さんを背負って来た男がいて、座敷にお袋さんを置くなり、こいつを質にするから金を貸せと言い出した」

「それで、どうなさった？」

「もちろん、丁重にお断わりしました。そして、なにがしかの小銭を男に渡し、お袋さんに何か旨い物を食べさせてあげてください、と送り返しました。二度と、こんな親不孝をしては駄目だ、と諭《さと》して」

「……人生、いろいろですな」

元之輔は頭を振った。

「うちは質屋として、精一杯、世のため人のために尽くしているのですが、なぜ、恨まれて、脅されたり、嫌がらせを受けるのか。本当に困ったものです」

「そうですな。人は何がきっかけで恨まれるか、分からないものですから、ともかく、用心に越したことはない」

「どう用心したらいいのか、お聞かせいただけませんか」

元之輔はうなずいた。

「ここで、つらつら考えました。まず一番の用心の方法は、万が一の事態に備えて、日頃から、自分のことは自分が守るという心構えを持ち、護身術を身に付けておくことが肝心かと思います」

大舘屋はため息をついた。

「護身術ですか。店の者は、私をはじめ、みな、武術などしたことがありません。ですから護身術など何も知りません」

元之輔はうなずいた。

「そうでしょうな。ですが、武術を習っていなくても、誰でも暴漢に立ち向かう方法をお教えしましょう」

「それはありがたい。ぜひ、みんなにも教えてくだされ」

「そのため、ご用意いただきたい物があります」

「なんでしょうか？」

「捕り手が使う刺股《さすまた》を十本ほど。それから、心張り棒を十本ほど。そして、半鐘《はんしょう》を二つほど」

大舘屋は怪訝《けげん》な顔をした。

「刺股というのは、長い棒の先に三日月型の金具が付いた捕物具ですな。その三日月型の金具を相手に押しつけて取り押さえる」

「さよう。あれなら、ひ弱な女子でも、子どもでも、日頃から稽古していれば、暴れる相手を刺股で押さえ付けることが出来る」

「なるほど」

「刀をいくら振り回しても、長い柄の刺股を持った人には届かないから安全です。その間に、別の誰かが半鐘を打ち鳴らせば、周囲の家々の人は火事だと思って飛び出して来る。火消したちも駆け付けるし、町方役人も駆け付けて来ましょう。店の誰かが出入口の戸を開け、町方同心たちを屋敷内に案内する。こうした手順を日頃から繰り返し稽古していれば、いざという時に役立つでしょう」

「たしかに」

「いずれ、それがしが用済みになってここに居なくなっても、押し込み強盗や火事への備えにもなります」

「なるほど、それは名案でございますな。さっそく明日からでも、そうした稽古をお願い出来ますかな」

大舘屋は嬉しそうに言った。元之輔はうなずいた。

「もちろんです。もし、大勢で押し込まれたら、用心棒のそれがし一人だけでは、どうにも対抗出来ますまい。だが、店の番頭や手代、女中たちまでもが、刺股や心張り棒で加勢してくれるなら、押し込みを取り押さえたり、追い払うことが出来申そう」

「分かりました。さっそく番頭さんにいって、刺股や半鐘を用意させます」

大舘屋は立ち上がり、部屋を出て行った。店の方から、大舘屋が大番頭に指示している声が聞こえた。

五

翌朝早く、控えの間に寝ていた元之輔は、大舘屋久兵衛に揺り起こされた。何事かと起きた元之輔に、久兵衛は、昨夜のうちに、刺股や心張り棒、半鐘を用意したので、さっそく開店前に稽古をお願いしたい、と言った。

顔を洗い、眠気を覚まして、蔵の前に行くと、大舘屋久兵衛をはじめ、大番頭、小番頭、手代、見習い小僧、丁稚たち、さらに女中三人組まで、店の全員が勢揃いしていた。

みな武術の稽古などやったことがないので、喜色満面にして、刺股や心張り棒を手にしている。

元之輔は軽く手足を動かし、屈伸を行なう運動から始めた。いきなり刺股や心張り棒を振り回したら怪我をしかねない。

その準備運動でさえ、みんな初めてのことだったので大騒ぎになった。それでも、全員の軀が解れたところで、刺股で押さえる役と、押さえられる役を決め、さっそく元之輔の号令の下、刺股で相手を押さえる稽古を始めた。

女中三人組は揃いの着物に白襷《しろだすき》を掛け、白い鉢巻きをきりりと締めて意気軒高だった。刺股を持たせると、女たちは目の色を変え、暴漢役の大男の寅吉を刺股で突き回り、追い回した。最後に蔵の壁に寅吉を刺股で押さえ込んで動けなくすると歓声を上げた。

追い回された末に刺股で押さえ込まれた寅吉は地べたにへたり込んだ。もうこんな役は御免だとぼやくことしきりだった。

女たちが寅狩りをしている一方で、手の空いた者が軒下に吊した半鐘を打ち鳴らす真似をし、店の玄関の戸を開けて、丁稚が町方役人に知らせに駆けて行く、といった役割や手順を確かめた。

稽古が終わった後、元之輔はみんなを集めていった。

「こうした稽古を、毎朝、それがしが居なくても、自主的に集まって、開店前のわずかな時間でいいので繰り返してほしい。そうすれば、いざ何か起こっても、みんなで力を合わせて対応出来る。備えあれば憂いなしでござる」

最後に大舘屋久兵衛が音頭を取り、一本締めの手拍子で稽古を終えた。

みんなはぞろぞろと賑やかに話しながら、店に戻り、開店の準備に取りかかった。

女中たちはまだ稽古の興奮が収まらぬようで、誰が一番上手く刺股を使って悪漢役の寅吉と渡り合い、寅退治が出来たかを、自慢しあっていた。

大舘屋久兵衛は、手拭いで額や胸元の汗を拭い、元之輔に笑いかけた。

「いやあ、いい汗をかきました」

でっぷりと太った久兵衛には、刺股を使った稽古はだいぶ軀に堪えた様子だった。

「これを毎日、稽古すれば、みんな、知らず知らずのうちに、軀が鍛えられるはず」

元之輔も喉元や胸にかいた汗を手拭いで拭いながら笑った。

「毎日やるのですか。それはしんどい……」

久兵衛は手拭いで首を拭きながら、みんなの後について、店に戻って行った。

元之輔が控えの間で朝食を済ませ、莨を一服していると、丁稚がやって来て、「田島様というお客様が御出でです」と告げた。

若党の田島結之介は、控えの間に入ると、部屋の中をじろじろと見回した。

「御隠居は、いい暮らしをしていますな」

「しかし、開店したら、出歩かず、この部屋にじっとしていなければならない。自由が利かないというのは、結構、きついぞ」

「さようですか」

「ところで、何か分かったのか」

「はい。いろいろと」

田島はあたりを見回し、人がいないことを確かめた。

「まず御崎尽兵衛のことですが、恋女房のお厘が仲居として働いていた小料理屋の女将に聞いたら、博奕に手を染めているという話でした。それでお厘は給金のほとんどを御崎に搾り取られて、毎日、泣いていたそうです」

「なんてことだ」

「そこで、博奕場に詳しい勘助に、御崎尽兵衛は、どこの博奕場に出入りしていたのか、調べてもらったら、浅草の奥山《おくやま》に縄張りを持つ大内山墨禅《おおうちやまぼくぜん》という博徒の親分が仕切っている博奕場に出入りしているのが分かったそうなんです」

「その大内山墨禅という親分は、どういう人物なのだ？」

「奥山の遊び場では、泣く子も黙る博徒の親分だそうで、勘助も中間をしていた時に、折助たちに誘われて、二、三度遊ばせてもらったことがあるそうです。寺領の中に賭場があるんで、町方も手を出せないらしく、商家のどら息子とか、旗本御家人の遊び人、金持ちの札差の旦那衆も遊んでいる、その道では有名な賭場なんだそうです。そこでは、一晩に何千両もの金が飛び交っているという噂です」

「なに、御崎尽兵衛は、そんな博奕場にはまっていたというのか」

「勘助が、旧知の折助仲間に頼んで、御崎尽兵衛の借金がどのくらいあるのかを調べてもらいました。そうしたら、御崎尽兵衛は博奕に負けて、大内山墨禅から借金した額が、溜りに溜まっており、二百両は下らないんじゃないか、と言っていたそうです」

元之輔は愕然とした。

「三十両程度の借金ではない、というのか」

「それで、御崎尽兵衛は、友人知り合いを片っ端から訪ねて、金を借りまくっているそうなんです。だから、いまは誰も御崎尽兵衛とは付き合わないと」

「……ううむ。困った男だな」

「小料理屋で仲居として働いていたお厘は、亭主の借金を返済するため、死に物狂いで働き、春をひさいだことまであったそうで。そうした無理が祟って心労になり、とうとう、両国橋の上から大川に身を投げてしまったというのが、真相でした」

「なに病死ではなかったのか。御崎尽兵衛、見下げた男だな。それで遺された娘御は、何という名だ」

「それがしが、女将から聞き出しました。娘の名前は、お染《そめ》。歳はまだ十二。数え十三とのことです」

「いまどこで何をしている？」

「それは文之介が調べております。いまに話が上がって来ましょう」

「まだ、お染は身売りされていないというのだな」

「女将の話では、そうなっています。だが、御崎尽兵衛が、大内山墨禅親分からの借金の形として、証文を書いているそうなんで。それが、ともかく二十両の借金の形として、お染の身を大内山墨禅親分に渡す約束になっているそうなんです」

「お染を身売りさせないようにするには、尽兵衛から引き離さなければならんな」

田島はまた周りを見回し、人がいないのを確かめた。声をひそめて言った。

「ところで、御隠居、勘助が博奕場で妙な噂を聞き込んだんです」

「どんな噂だ？」

「このところ、神田川《かんだがわ》沿いの柳原《やなぎわら》土手に、よく辻斬り強盗が出るそうなんです。金を持っていそうな商家の旦那を一刀両断にして、金を奪っていく。御崎尽兵衛は、若いころ、かなりの腕前だったでしょう?」

「うむ。だが、まさか。御崎が辻斬りをやることはあるまい」

「それがですね。勘助が博奕打ちから聞き込んだところによると、御崎尽兵衛は博奕で負けが込むと、辻斬りでもやって、金持ちから金をせしめるしかないか、とか口走るんだそうです。それも、暗い目で呟くようにいうんで、みな、本当に御崎尽兵衛は辻斬り強盗をやるんじゃないか、と背筋がぞーっとしたんだそうです。そういうことが何度もあったので、もしかして、柳原土手の辻斬り強盗は、御崎尽兵衛ではないのかって恐れられていたそうなんです」

元之輔は、ふと思い出した。若いころ、御崎尽兵衛は藩の道場で、結構、剣の遣い手として、上級者の間で有名だった。

元之輔は、稽古仕合いで、二度立ち合ったが、御崎尽兵衛に二度とも打ち負かされた。元之輔は、その後、一念発起して、必死に町道場に通い、知心流《ちしんりゅう》の免許皆伝となるまで精進したが、噂では、そのころには御崎尽兵衛は神道無念流《しんとうむねんりゅう》免許皆伝を取ったと聞いている。

「勘助が聞き付けた話では、こんなこともあったそうです。ある若い者が悪戯心を起こして、御崎殿が丁半賭博に夢中になっている最中に、そっと壁の刀掛けにかかっていた大刀を摑み、抜き身を見てやろうとした。もし辻斬りをしていたら、いくらきれいに拭っても刀身や鞘にこびり付いた血糊は残っているはず、だと」

「それで、血糊は刀に付いていたのか」

「御崎殿はいきなり賭場の床から飛び上がり、血相を変えて、その若い者に飛び付いた。大刀をもぎ取ると、刀の柄を握り、武士の魂に無断で触れようとするとは、なんたる無礼、一刀両断にしてくれんと叫んだ。若い者は青くなって震え上がった。その場に腰を抜かしてへたり込んだ。それを見た賭場を仕切っていた親分の大内山墨禅は賭場が血の海になっては敵わないと、御崎殿の前に駆け込み、若い者の頭を思い切りひっぱたいた。お侍様になんて無礼なことをしでかすんだ、と叱り付けた。大内山墨禅は振り向き、御崎殿の前に座って、賭場の若い者の不始末は、親分の自分の責任、どうしても腹立ちが収まらなかったら、自分の首を斬ってくれ、と首を差し出した」

「ほう。大内山墨禅は男気があるな。それでどうなった？」

「さすがの御崎殿も、衆人環視の中、抜き身を見せることもあるまい、と若い者の無礼を許す、と苦笑いしながらいい、刀を腰に戻した。その夜は、御崎殿は、ツキがない、といい、賭場から帰ったそうです」

「御崎は、博奕に負けても理性は残っていたわけだな」

「御隠居、その晩のこと、柳原土手でまた辻斬り強盗が出たんです。おんな連れの伊《い》勢《せ》屋《や》の若旦那が腕をばっさり斬られた。命乞いしたんで、片腕を失っただけで済み、懐にあった何十両かを奪われた」

「その若旦那や連れの女は、辻斬りを見たんだな」

「見たには見たんですが、月が出ていない闇夜だったので、しかとは見えなかった。それに、侍は手拭いか何かを頬被りしていて、やはり顔は見えなかった。しかし、体付きは痩せて、年寄りげだったそうです」

「声は?」

「若旦那によれば、侍は、低い嗄《しわが》れ声で、言葉に訛りがあった、それも奥州の訛りに聞こえたといっていたそうです」

「まさか……」

奥州といっても広い。奥州の訛りには、地域によって、独特の抑揚や言葉使いがある。奥州人でなければ、奥州訛りの差は分からない。

「私も、まさかとは思うのですが、賭場を出て行った後に、そんなことがあったんですから、疑わざるを得ないでしょう」

「そうだな。まさかとは思うが、御崎に、直接問うしかあるまい」

「正直に言いますかね」

「田島、まだ御崎が辻斬りをしたという証拠も証人もおらんぞ。初めから疑ってかかったら、御崎が可哀相だ。あくまで、御崎ではない、と信じてやろう。でないと、娘御が可哀相ではないか」

「は、はい」

廊下をどかどかと歩いて来る足音が響いた。やがて、口入れ屋の扇屋伝兵衛が、狸顔に満面の笑みを浮かべて、控えの間に入って来た。伝兵衛の後から、大舘屋久兵衛があたふたと付いて来る。

「おや、御隠居、田島様も御出ででしたか。丁度いい。派手に出ましたよ。これ、この読売を見てくださいな」

伝兵衛は手にした何枚もの瓦版を元之輔と田島に差し出した。

瓦版には、歌舞伎役者のように、足を踏み出し、刀を持った手を掲げて、大見得を切る元之輔の画がでかでかと刷られている。

その絵の脇に、黒々とした大見出しが立っていた。

『質屋大舘屋に、天下の知心流剣聖《けんせい》、御隠居用心棒桑原元之輔、見参《けんざん》見参』

『よらば斬るぞ。押し込み強盗、大泥棒、束になってかかって参れ。我こそは御隠居用心棒。天に代わって成敗いたす』

見出しの横に、達筆な筆で、御隠居用心棒の桑原元之輔、質屋の大店大舘屋に、堂々登場し、店主大舘屋久兵衛はじめ、店の奉公人みんなが、玄関先にお出迎えした。御隠居用心棒桑原元之輔は店先で、お店の者やお客様のため、本日より、順次店内を巡回し、盗賊、押し込み強盗を見付け次第、天に代わって、容赦なく一刀両断して成敗いたすと高らかに宣言なさった云々。

元之輔は田島と顔を見合わせた。

「…………」

元之輔は呆れ果てて、瓦版を突き返した。

「扇屋、これは、いったい何なのだ？」

「御隠居用心棒桑原元之輔様を世に知らしめるための瓦版でございます」

扇屋は刷りたての瓦版を両手で広げ、つくづくと見入った。

「この瓦版で、御隠居用心棒のそれがしを世に知らしめるというのか」

「はい。そうです」

扇屋は一人悦《えつ》に入っていた。

「いやあ、想像以上に立派な瓦版になりましたな」

元之輔は訝った。

「しかし、扇屋、こんなに大げさにせんでも」

「いえ。そうではありません。御隠居は、六十歳の還暦を迎えてもなお、活躍。還暦になって人生が終わったという人たちに、活を入れる意味もございます」

「さようかの」

「御隠居は、いまや年寄りたちの希望の光。まだまだ老いても盛ん。御隠居になっても心は若い。還暦なにするものぞ、という意気で、自らを奮い立たせる役目も担っておるのですぞ。六十過ぎたら、いままでとは違う。好きな人生に歩み出す。その典型的な例が桑原様の御隠居用心棒です。新しい人生がまだある。それを御隠居は身を以て、天下に知らしめる。格好がいいではないですか。決して若い者には出来ないことです。年寄りにしか出来ないことがある」

「それはそうだ。若い者はまだ年寄りになっておらぬのだからな」

元之輔は、いつの間にか、扇屋の口車に乗せられたように思った。

一瞬、年寄りの冷や水などという文句が頭を過った。

大舘屋久兵衛が瓦版を見ながら唸った。

「扇屋さん、こんなに大々的に、御隠居用心棒のことを流布《るふ》したら、盗賊や押し込み強盗の目を引くのではございませぬか」

「いいえ、盗賊や押し込み強盗は、これを見たら、大舘屋は警戒が厳しそうだから、入るまいと思うでしょう。押し入れば剣聖の凄腕の剣客用心棒が待ち受けているわけですからな。となれば、下手に襲うことは出来ますまい」

「ふうむ」

「それから、この瓦版は、質屋大店の大舘屋さんの名前を、天下に知らしめる効果も狙ってのこと。この瓦版が江戸八百八町にばらまかれれば、大舘屋には、客が殺到し、商売繁盛間違いなしですぞ」

「さようですかのう」

大舘屋は半信半疑で瓦版に見入った。

「いらっしゃいませ」「いらっしゃいませ」

店の座敷から、番頭や手代、丁稚たちが声を揃えて客を迎えていた。

「うちの店は、瓦版で宣伝をしなくても、結構繁盛していますし、これ以上、お客が増えるのも、蔵が満杯になりかけているので、あまり、望んではおらぬのですが」

「……そういう考えが、店を駄目にするのですぞ……」

扇屋が大舘屋を諭している。元之輔は、何げなしに店先に目をやった。

腰高座敷に腰を下ろした御高祖頭巾の女が、余衛門と何やら、言葉を交わしていた。

元之輔は、ふと思い出した。

両国橋の広小路で、侍たちに拐かされそうになった御高祖頭巾の女を助けたことがあった。あの時の女に似ている。

あの時、元之輔が軀を張って侍たちと対峙《たいじ》し、女を助けたというのに、御高祖頭巾の女は、何の礼も言わずに立ち去った。

「御隠居、あの女、見覚えがある」

田島も気付いたらしく、元之輔に囁き、御高祖頭巾の女を指差した。

御高祖頭巾の女は大事そうに抱えていた袱紗に包まれた箱を大番頭の前に差し出した。大番頭は、何事かを言い、包みを引き取った。

間違いない、いつか元之輔たちが助けた御高祖頭巾の女だった。

女は大番頭に何かを言いながら元之輔たちの視線を感じたのか、ちらりと顔を元之輔に向けた。

目が合った。一瞬、女は口に手をあてた。

やはり、あの御高祖頭巾の女だ。頭巾で隠せない白い顔は、眉がキッと左右に釣り上がり、凜とした表情を作っている。整った鼻や口元は、色気があった。美形だ。

元之輔は、思わず笑みを浮かべ、手を上げた。女は恐ろしいものでも見たように、さっと目を背け、立ち上がった。

「お、また逃げるのかな」

元之輔と田島は顔を見合わせた。

御高祖頭巾の女は、何事かを大番頭に告げ、踵を返して玄関に急いだ。

「どうしました？」

扇屋と議論していた大舘屋が、元之輔の様子に気付いた。

「あの御高祖頭巾の女、何者だ？」

「御高祖頭巾の女？」

大舘屋は、店内をきょろきょろと見回した。

御高祖頭巾の女は、すでに玄関から出て姿を消していた。

「あの女、何か、いわく因縁がありそうですな」

田島が元之輔に言った。

「大番頭が、親しげに口をきいていたな。余衛門が、あの女の素性を知っているかも知れぬな」

「しかし、御隠居は、いま用心棒をやり、私は御崎尽兵衛殿のことを調べています。これ以上、妙なことに関わらないでください」

「そうだな。分かった。見なかったことにしよう」

元之輔は頭の中から、御高祖頭巾の女を追い出した。

だが、美形だったな、と残念な思いもした。

第四章　落花乱舞

一

浅草観音の前は、大勢の参詣客で賑わっている。

「では」

田島結之介は玄関先で、見送りに出た元之輔に頭を下げ、通りの雑踏の中に消えた。

元之輔は、腕組みをし、通りに張り出した枝の桜を見やった。

花は三分咲きといったところか。

「……さあ、最新版の読売だよ。さあさ、御隠居用心棒、ただいま参上だ。買った買った」

瓦版屋が大声で瓦版を売っている。

通行人の女たちが立ち止まり、瓦版を手に玄関先に立つ元之輔を見ながら、顔を寄せ合って、こそこそと話をしていた。

通りすがりの町奴ふうな男たちも、瓦版を手に元之輔を指差して、何やら言い合っている。

いかん。ここに居たら、ますます目立つ。

元之輔は、急いで玄関の格子戸を開け、店内に戻った。

座敷には、二人の客の姿があった。一人は町家の女で小番頭の寅吉を相手に持ち込んだ小袖について、説明している。小番頭は小袖を広げ、女から説明を受けている。もう一人は町奴で、座敷に腰を掛け、着物の裾を端折って毛だらけの脚を見せ、大番頭に何やら凄んでいた。大番頭は慣れた様子で、町奴を適当にあしらっている。町奴は質入れした品物が質流れになったことをくどくどと詰っていた。

元之輔が町奴の前を通りかかると、町奴は慌てて裾を戻し、脚を隠した。

「あ、御隠居様」

大番頭の余衛門が元之輔を呼び止めた。元之輔は座敷の端に腰掛けた町奴を見ながら訊いた。

「大番頭さん、何か困っているのかね」

「いえ。大丈夫です。このお客様は、もうお帰りになるそうですんで」

「へい。そうなんで。失礼いたしやした。御免なすって」

町奴は元之輔に頭を下げ、慌てて玄関先へ足早に歩き去った。町奴が腰掛けていたところに瓦版が残っていた。男が残していったものらしい。

元之輔は瓦版を取り上げると、くしゃくしゃに丸め、くず籠に放り込んだ。大番頭はにこにこしながらいった。

「読売も変な効用がございますな」

「いいような、悪いような」

元之輔は顎をしゃくり、座敷に上がった。そのまま、控えの間に戻った。

いつの間にか、扇屋伝兵衛の姿も消えていた。

扇屋は、昼過ぎには同業者の大坂屋を訪ね、その足で駒込屋に寄るといっていた。

「自分で火を付けておいて、今度は火消しに回る」という話を確かめるつもりらしい。

御崎尽兵衛は、本当に辻斬り強盗に身をやつしてしまったのか。今度、会ったら、有無を言わせず、刀と鞘を見せてもらい、人を斬った跡がないかを調べよう。血糊の付いた刀や鞘は、刀研ぎに出さない限り、血糊の跡を消すことは難しい。

娘御お染を身売りさせない方法はないのか。大内山墨禅に会って、借金返済の期日を延期させる方法も考えねばならぬ。

元之輔は茶を啜りながら、いろいろな物思いに耽っていた。

店内に異様な気配が押し寄せていた。

元之輔は店内に目をやった。

怒鳴り声が聞こえた。

いつの間にか、土間に黒縮緬《くろちりめん》の無紋の御徒士《おかち》たちが並んでいた。

「……ここに、先程、御高祖頭巾の女が参って、桐箱を渡したろう。その桐箱を寄越してもらおう」

御徒士頭《かしら》らしき男が、座敷に座った大番頭の余衛門を怒鳴り付けていた。

「いえ。いったん御預かりした品は、質札と、しかるべきお金をいただかないと、どなたであれ、お渡し出来ません」

余衛門は正座し、平然と御徒士頭に答えていた。

出番か。

元之輔は立ち、刀掛けの小刀を腰に差した。大刀は左手に持ち、店の座敷に出て行った。

余衛門の背後に近付き、静かに座った。余衛門はほっと安堵した顔になった。

御徒士頭らしき男は、元之輔の登場に、キッと顔を向けた。見覚えのある顔だった。大番頭《おおばんがしら》の大前多門。広小路で御高祖頭巾の女を拉致しようとした侍たちの頭だ。

背後に立った御徒士たちの中には、大男笠井の姿もあった。笠井は仁王立ちし、憎悪をたぎらせた目で元之輔を睨んでいた。

元之輔は、無言のまま、大前多門を見上げた。

大前多門は、一瞬、たじろいだ。

「……桑原元之輔、な、なぜ、おぬしここに」

余衛門が元之輔の代わりに答えた。

「うちの店の御隠居用心棒様です。読売、ご覧になりませんでしたかな」

余衛門は手にした瓦版を大前に差し出した。大前はちらっと瓦版に目を走らせたが、受け取らなかった。

「……んなことはどうでもいい。桐箱を返せ」

余衛門は穏やかに言った。

「質札はお持ちかな」

「……ない。だが、金ならある。いくら出せばいいのか?」

「お金だけでは駄目です。たとえ、何万両積まれても」

「ううむ。おまえでは、話にならぬ。店主を出せ。店主を」

「大旦那様は只今、外出中です。お店には居りません。申し訳ございませんが、たとえ、お会い出来ても、お答えは同じです」

大前多門は怒りで顔を真っ赤に引きつらせた。だが、堪えて言った。

「桐箱には、当家の大事な家宝の器が入っておる。それをあの女が盗み、あろうことか質屋に納《い》れ、金に換えたのだ。女が借りた金は払う。黙って桐箱を返してくれぬか」

「どういうご事情があろうとも、質札がなく、お品を持ち込んだ御当人でもない御方に、お品をお渡し出来ませぬ。お断わりいたします」

余衛門はきっぱりと言った。大前は怒りに腕を震わせた。

「どうしても、返さぬというのか」

「どうしても、お渡し出来ません」

「では、仕方がない。力ずくでも、頂いて行く」

大前多門は、後ろに控えた御徒士たちを振り返り、顎をしゃくった。

御徒士たちは、一斉に座敷に踏み込もうとした。

「大前多門、おやめなさい」

元之輔は座ったまま大声で言った。立てば、斬り合いになり、収まらなくなる。

「ここで、事を荒立てると、貴殿がどちらの御家中かは知らぬが、とんでもない御家の大事になりますぞ」

「なにい、御家の大事になるだと」

大前多門は手を上げ、動き出そうとした御徒士たちを止めた。

「さよう。店に踏み込んで、その桐箱を探そうとしてもありません。すでに蔵に納めてありましょう」

「なに、蔵だと」

「その桐箱とやらが、貴藩御当主の大事な御家宝ということなら、きっと一之蔵に納めてありましょう」

「一之蔵だと？　よう教えてくれたな」

大前多門はふっと笑い、部下の御徒士たちに、行けと合図した。

「待ちなさい。悪いことは言わぬ。一之蔵を破ろうなどという不遜《ふそん》な考えはなさらぬ方が、御身のため、いや、貴殿の御当主のためでござろう」

「なに？」

大前はまた手を上げ、部下たちの動きを止めた。元之輔は大前から目を外さず、大刀の柄に手を掛けたまま、余衛門に言った。

「大番頭さん、一之蔵に何が納められているのか、教えてあげなさい」

「はい。一之蔵には、葵《あおい》の御紋が入った御品々を納めてあります」

大前多門はたじろいだ。

「なにい。嘘を申すな。将軍家が質屋なんぞに……」

「お通いです、内密に。将軍家のみならず、徳川御三家、御三卿の方々もお越しになられ、事情は分かりませんが、貴重な品々を質草としてお預かりしています」

「………」

「その一之蔵を破るというのなら、それだけの御覚悟をなさらぬと」

「……戯《たわ》けたことを申すな」

大前は一瞬迷ったが、すぐに気を取り直した。

「では、その一之蔵とやらを見せてもらおうか」

「お断わりいたします。お見せすれば、次は蔵を開けて、蔵の中を見せろ、となりましょう」

「……あくまで、我らを馬鹿にするのだな。よし、踏み込め」

大前多門は手を下ろした。

御徒士たちは一斉に座敷に上がり、廊下に向かおうとした。

元之輔は刀を手に立ち上がった。

「控えろ。控えおろう」

女中頭のお菊の凛とした声が響いた。

廊下に白鉢巻きに白襷を掛けた女中三人組が刺股を腰に構えて立ちはだかっていた。真ん中に立ったお菊の左右に、梅と楓がきりっとした顔で、御徒士たちに刺股を向けている。

「他人の家に、ずかずかと土足で上がるとは、なんたる無礼。下がれ下がれ」

お菊が黄色い声で怒鳴った。御徒士たちは、お菊の剣幕に押されて足元を見た。後ろの御徒士は慌てて座敷から下りた。

突然、あちらこちらから、ジャンジャンと半鐘を叩く音がけたたましく鳴り響いた。

大前は刀の柄に手をかけたまま困惑した顔であたりを見回した。御徒士たちも狼狽え、浮き足立っていた。

「火事だ、火事だあ」

手代や丁稚たちが大声で叫び、店内を駆け回った。たまたま居合わせた客たちは慌てて店の外へ逃げ出した。

元之輔は、大前を見据えた。

「大前、まもなく、火消しや町方が駆け付けるぞ。いまのうちに、大人しく引け」

大前は憤怒《ふんぬ》の面持ちで、「引け、引け」と怒鳴った。御徒士たちは一斉に座敷を下り、玄関先に駆けて行く。

大前は憎々しげに言った。

「桑原元之輔、おぬしをただの隠居老人だと侮ったのが、拙者の失策。次はない、と思え」

大男の笠井が待っていた。

「覚えておこう」

元之輔は油断せずに言った。

大前は笠井を従え、大股で店を出て行った。

「やったあ」「やりましたな」「おもしろかったあ」

女中たちは手を叩いて喜んでいる。丁稚たちや年寄りの下男下女たちも、店に出て来て喜び合っていた。

「火事は、どこでえ」

玄関から威勢のいい火消したちが血相を変えて飛び込んで来た。

続いて、町方役人の同心、目明かしたちが駆け付けた。

「みなさま、ご苦労さまです」

小番頭の寅吉が手代や見習いと一緒に、火消しや同心たちを出迎え、頭を下げていた。火消しや町方たちは店内をきょろきょろと見回している。異状がないと分かると引き揚げはじめた。

「大番頭さん、やりましたな」

「御隠居様、万事手順通り、滞《とどこお》りなく」

「これなら、何が起こっても大丈夫でござろう」

「はい。朝の稽古がこんなに役立つとは」

元之輔は、余衛門と顔を見合わせ、うなずき合った。

引き揚げる町方や火消したちを掻き分けて、大舘屋久兵衛があたふたと姿を現わした。

「大番頭さん、これは、いったい何の騒ぎですか?」

「はい、大旦那様」

余衛門は笑いながら、これこれしかじかと、騒ぎの顚末《てんまつ》を話した。

久兵衛は話を聞き終わると、ほっとした顔で、元之輔に深々と頭を下げた。

「御隠居様のお陰で無事に済みました。ありがとうございます」

「いや、それがしの力ではござらぬ。店の人たちみんなが合力してのこと。お褒めになるなら店のみなさんを」

元之輔は周りに集まっているみんなを手で指した。女中たちがまだ興奮覚めやらぬ様子で雄叫《おたけ》びならぬ嬌声を上げていた。

二

「あの御女中は香苗《かなえ》様と申され、安芸竹山《あきたけやま》藩の御家中の方にございます」

余衛門は大舘屋久兵衛に促されて言った。

「そのことは、くれぐれも内密にと申されていましたが」

「安芸竹山藩か。淡野《あわの》様の御家中ということか」

元之輔は、さもありなん、と唸った。

安芸竹山藩の淡野家は外様だが石高五十万石を誇り、同じ外様の、長門萩《ながとはぎ》藩の毛利《もうり》家、肥後熊本《くまもと》藩の細川《ほそかわ》家、筑前福岡《ちくぜんふくおか》藩の黒田《くろだ》家、薩摩の島津《しまづ》家などと並び称されている。

安芸竹山藩は大藩だけあって、他藩よりも家臣が多く、前藩主淡野長勲《ながこと》の実子長嗣《ながつぐ》がまだ稚《おさな》いとあって、藩政をめぐり、いろいろな派閥が勢力争いをしている、という噂があった。

元之輔は、江戸家老時代に、安芸竹山藩の江戸藩邸の留守居役と顔見知りになり、同じ留守居役とあって、登城した折に、互いに愚痴をこぼし合ったこともあった。

「それで香苗殿が質入れした桐箱の品は、何だったのかな」

「今日、お持ちになった桐箱には、白磁《はくじ》の器が納められていました。大陸から渡来した品で、六朝《りくちょう》時代のものとのことで、それは見事な器でございます」

余衛門は、目の前に紫色の袱紗に包まれた小振りな箱を置いた。

「それがしに、一目でいい、その器を見せてくれるかな」

余衛門は、隣に座った大舘屋久兵衛にちらりと目をやった。久兵衛は鷹揚にうなずいた。

「では」

袱紗の結び目を解《ほど》いた。白い桐箱が現われた。余衛門は両手で桐箱の蓋を外して、畳の上に置いた。箱の中には綿の詰め物があった。余衛門は丁寧に綿の詰め物を分け、湯呑み茶碗ほどの器を静かに取り出した。

白磁の器は、薄暗い部屋の中でも、淡い光を帯びているかのようだった。器の外周には、鳳凰《ほうおう》が羽を広げた絵柄がうっすらと浮かび上がっていた。

「ほほう。これは美しい見事な器だな」

「これをお持ちになると、さらに分かります」

余衛門は器をそっと元之輔の両手に載せた。

元之輔は両手で器を持って、そのあまりの軽さに驚いた。まるで鳥の羽毛で造られた器のような柔らかな感触だった。器からは、かすかに芳《かんば》しい香が匂っていた。

「鳳凰の舞いという名が付いています」

「ふうむ。鳳凰の舞いか」

「香苗様によれば、この器で茶や酒を嗜《たしな》めば、長寿になる、という言い伝えがあるそうで、漢《かん》や唐《とう》の歴代の皇帝がなによりも好んだ器だそうです。その器がいつしか盗賊に奪われ、流れ流れて琉　球《りゅうきゅう》王朝に渡った。それを先々代の藩主淡野長鷹《ながたか》様が密かに買い入れて家宝になさったとのことです。琉球貿易は幕府から禁止されているので、これは幕府にも内緒の秘蔵の一品とのことです」

「うむ。なるほど。そんないわれがある器なのか」

元之輔は障子の明かりに器をかざし、じっくりと味わうように器を眺めた。

るそうです」

「香苗様によると、この器をめぐって争い、何人もが命を落としている魔の器でもあ
「恐ろしいな。しかし、香苗と申す奥女中は、なぜ、このような家宝の器を持ち出し、大舘屋に質入れしたのかな。まさか盗んだのではあるまいな」

大舘屋久兵衛が笑った。

「うちは盗品と分かっている品を、質として引き受けることはしません」

余衛門が久兵衛に代わって言った。

「香苗様によると御家老のご下命とのことです」

「なに、家老の命令だと？　仮にも五十万石の安芸竹山藩が、家宝の宝物を質入れせねばならぬほど金に困っているというのか」

「いえいえ。そうではありません。お渡ししたお金は、この白磁の器にしても、もう一つお預かりしている青磁の花器も、どちらも、わずか五十両です。とてもとても、藩にご用立てしたというお金ではありません」

「なに、別に青磁の花器もあるのか？」

「はい。そちらは、有田焼の見事な出来の花器ですが、この白磁の器ほどではない。それでも、かなりの値打ち物です」

「……ふうむ。堪能《たんのう》させてもらった。それがしが変な気を起こさぬうちにお返ししておこう」

元之輔は「鳳凰の舞い」を捧げ、余衛門に戻した。余衛門も腫れ物を扱うかのように、丁寧に白磁の器を受け取り、桐箱の綿の中に戻した。

元之輔は訝った。

「しかし、なぜ、この白磁の器や青磁の花器を質入れするのだ？　藩の蔵か、あるいは金庫に納れておけばいいではないか」

大舘屋久兵衛が余衛門に代わって答えた。

「それは、うちの蔵に納れておけば、安全だからです」

「藩の蔵や金庫は危ないというのか」

「はい。安芸竹山藩だけでなく、いずこの藩も、いろいろ内部の派閥抗争やらで揉めています。そのため在所の蔵や金庫は、しばしば政争に巻き込まれて、公にすることはないが、納めた品は盗まれたりするのです」

「なるほど」

「それに対して、うちの蔵は、どこの派閥や勢力にも与《くみ》せず、固く秘密を守り、簡単には開けられない。質草として預かった品は、お貸ししたお金の利子それに保管料のなにがしかをお払いいただきさえすれば、決して質流れにすることはない。しかも、取り出す必要があった時、在所の蔵だと、いちいち遠方の在所に戻らねばならないが、江戸にあるうちの蔵に預けてあれば、在所に戻らなくても容易に取り出すことが出来る。安全で便利というわけです」

大舘屋久兵衛が話している間に、余衛門は桐箱を紫色の袱紗に包み込み、固く結んだ。

元之輔は腕組みをし、考え込んだ。

「それにしても、あの大前多門たちは、同じ安芸竹山藩の藩士なのに、なぜ奥女中の香苗を追い回し、白磁の器や青磁の花器を奪おうとするのか?」

「それは、香苗様から聞かねば。私たちには分かりません」

大舘屋久兵衛は首を左右に振った。

余衛門が紫色の袱紗に包んだ桐箱を抱き、立ち上がった。

「旦那様、いまのうちに、これを蔵に納れたいのですが」

「そうですね。御隠居様が変な気を起こさないうちに、参りましょう」

久兵衛も笑いながら、立ち上がった。二人は控えの間から廊下に出て、話しながら蔵の方に向かった。

三

翌日、蔵の前の空き地で、元之輔は女中たちの刺股の稽古に付き合い、さらに素振り百回を終え、汗を手拭いで拭きながら、控えの間に戻って驚いた。座敷に島田髷の女が座り、元之輔に深々と頭を下げた。

一目見て、あの御高祖頭巾の女だと分かった。

「私、深沢《ふかざわ》香苗と申します。先日は、お助けいただいたのに、お礼も申し上げずに立ち去りまして、申し訳ありません。あらためてお詫びいたします」

深沢香苗はもう一度深々と頭を下げた。

「いやいや。もう済んだこと。気になさらずに」

元之輔は火鉢を挟んで、香苗と向かい合って座った。香苗は間近で見ると、さらに美しさに輝きを増した。

「本日は、お願いがあって伺いました」

香苗は濡れた大きな瞳で元之輔を見つめた。

元之輔は年甲斐もなく、心が揺れた。

「どのようなことですか？」

香苗はため息をついた。

「お助け願いたいのです。これから、どうしたらいいのか、悩んでおります」

「話してくだされ。何にお悩みなのか」

「私、藩内の内紛に巻き込まれています。私が望んでのことではありません。今後、私はどう生きていけばいいのか、御隠居様に相談に乗っていただきたいのです」

「お役に立つかどうかは、それがしにも分からんが、相談には乗りましょう」

「ありがとうございます」

「まだ礼を言わずともいい。大番頭さんから、そなたのことを聞きました。香苗殿は安芸竹山藩の御家中でござったな」

「はい。奥女中をしております」

「うむ。それで、御役は？」

「御傍《おそば》を務めております」

安芸竹山藩五十万石ともなると、藩大奥の序列は多岐に亘っている。その御傍といえば、奥方様の御側衆で、大奥の御女中の序列では、かなり上位になる。奥方様の身の回りのお世話や相談相手になり、奥方様の意を受けて動く役目だ。奥方様の信頼がなければ、出来ない仕事でもある。

ちなみに羽前長坂藩の大奥は、最上位の御局様である上老女《かみろうじょ》から、老女、中老、御部屋と順位が下がり、ついで、御傍、御小姓、御次《おつぎ》、御膳部女中《おたてづめ》、お末部屋方《すえへやがた》以下となっていた。

「私は先代淡野長勲様の奥方様である綾《あや》様の御傍でございました」

「うむ。どのような御家騒動になっておるのだ？」

「本当は話してはならないことなのですが、御隠居様には、あえてお話しします。こちらに預かっていただいている白磁の器と青磁の花器ですが、そのいわれから話さねばなりません」

香苗は少し目を瞑り、考えをまとめると、静かに話し出した。

先々代の藩主淡野長鷹様が、先代の長勲様にお世継ぎさせる時、白磁の器と青磁の花器をお世継ぎの証として遺された。

そこで先代の長勲様も、先々代に倣って、お世継の世子長嗣《ながつぐ》様に、白磁の器と青磁の花器を渡そうとしたが、生憎《あいにく》、その直前に、突然長勲様がお亡くなりになってしまった。

不思議なことに同時に、誰が持ち出したか、白磁の器と青磁の花器が、城の蔵の中から忽然《こつぜん》と消えてしまった。

というのは家老会議で大激論の末、長勲様の異母弟の長豪《ながたか》様をお世継に推す筆頭家老派が勝ち、長豪様が世継ぎと決まったことが、内紛の始まりだった。先代長勲様の実子長嗣はまだ三歳と幼かったため、筆頭家老たちは、とりあえず、中継ぎとして、長豪様に跡目を継がせ、長嗣様が成人になってから、跡目を継がせればいい、となった。

ところが、長豪様は藩主になると心変わりし、自分の次は、兄の子長嗣様ではなく、実子の長勝《ながまさ》様に継がせようと考えた。そのためは、お世継ぎの証である家宝の白磁の器、青磁の花器があると、幕府に報告する上で説得力がある。

長豪様が跡目を継ぐと、きっとこうなると予想していたのが、反筆頭家老派の家老や家臣たちだった。彼らは密かに城の蔵から、お世継の証である白磁の器と青磁の花器を持ち出し、在所から江戸へ運んだ。在所は隠す場所がなかったためだ。

江戸屋敷には奥方綾様を支持する家臣たちが大勢おり、次は長嗣様に跡目を継がせようと画策していた。だが、それと知った筆頭家老派は、いち早く奥方綾様を恵徳院《えとくいん》として、江戸郊外の寺に隠居させ、支持者たちの多くを左遷するとともに在所に戻した。

「そうしたなかで、御家老の命もあって、私が白磁の器『鳳凰の舞い』と青磁の花器を預かり、こちらに預かってもらったのです」

「では、あの大前多門たちは、筆頭家老の命を受けて、おぬしを拐かして、二つの家宝を手に入れようとしておるわけだな」

「はい」

「いま在府の反筆頭家老派は、おぬし以外に誰がおるのだ？」

「次席家老の大泉《おおいずみ》純造《じゅんぞう》様と御家来衆だけです。藩大奥も恵徳院様の御傍の私以外の方々は、ほとんど筆頭家老派の上老女様や老女様に手懐《てなず》けられてしまいました。上老女様から私も在所に戻るように言われましたが、私は恵徳院様の御傍として居たいとお断わりし、いまに至った次第です」

「そうか。孤立無援だな。おぬしを追っている大前多門のお役目は何だ？」

「物頭です」

物頭は家中の武士たちを率いる侍大将と言っていい。まして安芸竹山藩五十万石の物頭ともなれば、おそらく千人、いや二千人を超す武士たちを束ねて動かす力がある重職だ。

そうか、香苗は、大前多門たち藩を上げての武士団に追われているということか。

これは容易なことではない。

香苗は弱々しい声で訴えた。

「正直申し上げて、大前多門様たちに追われて、逃げ回るのにすっかり疲れてしまいました。もはや隠れる場所もなく、今夜泊まる場所もない始末です」

窮鳥懐《きゅうちょうふところ》に飛び込む、か。

そんな文句が元之輔の脳裏を過《よぎ》った。

まあ、なんとかなるだろう。

香苗は気が張っているので、元気そうに見えたが、よく見ると肌が荒れ、もう何日も風呂に入っていない様子だった。

「分かった。そうと知った以上、わしがおぬしを匿《かくま》おう。深川にあるわしの隠居屋敷に行きなさい。風呂も食事も取れる。ゆっくり風呂に入り、着替えも出来よう。下女のお済にいえば妻の着物も出してくれる」

「奥様の着物をですか……」

香苗は元之輔の顔を見た。

「うむ。妻は六年前に亡くなった。だが、簞笥《たんす》には、まだ妻の着物がある。遠慮なく選んで着替えるがいい」

香苗は、恥ずかしそうに着ている小袖の襟元や袖口の乱れを直した。何日も逃亡生活を送っているため、着物の汚れも目についた。

「今夜から、わしの隠居宅を隠れ場所にするがいい。しばらくは見つからないだろう」

「ありがとうございます。でも、御隠居様にご迷惑をおかけすることになりましょう。それでは申し訳が立ちませぬ」

元之輔は笑いながら言った。

「乗り掛かった船だ。心配いたすな。ただし、わしは質屋の用心棒として、ここに詰めておらねばならぬ。だから一緒には行けぬ。手紙を書こう。手紙を持って、留守居役の田島結之介を訪ねるがよい。田島が、必ずおぬしを匿ってくれる」

香苗はほっと安堵し、涙目になった。

「二度も、お助けいただいたのに、三度目の今度も、お助けいただき、何とお礼を申し上げたらいいのか」

「しばし、待ちなさい」

元之輔は机に向かい、静かに硯《すずり》の墨を磨りながら、これからの香苗の身の振り方を案じて考え込んだ。巻紙を広げ、墨を含ませた筆先を紙に下ろした。

田島に簡単な事情を書き、屋敷に香苗を匿うようにと指示した。手紙を書き終わると、書状を折りたたみ、封筒に入れて香苗に渡した。

「ありがとうございます」

香苗は手紙を押し戴いた。元之輔は香苗に向き直った。

「ところで、そなたの相談のことだが、そなたの本心を聞きたい」

「……本心ですか？」

「うむ。正直な気持ちだ。わしがおぬしの立場だったら、家老のご下命も、奥方様への義理も何もかも、すべて投げ出し、煩《わずら》わしいことから、さっさと逃げたいと思うが」

「まあ……無責任な」

香苗は目を丸くして、元之輔を見た。

元之輔はうなずいた。

「たしかに無責任に思うかも知れないが、本当に無責任なのは、おぬしに家宝の品々を、ここに預けるように下命した家老の方だ、とそれがしは思っている。自分では出来ない危険なことを、部下に命令し、命懸けでやらせることこそ無責任ではないか？」

「………」

　香苗は聡明そうな目で元之輔を見つめていた。

「こう言ってはなんだが、奥方様も奥方様だ。自分に忠実な御傍のおぬしを、手足のごとく使い、危険に曝《さら》してでも、己れの子をお世継にしたい。上手く行けばいいが、もし、失敗したら、きっと責任を取らされるのは、おぬしたちだ」

「……しかし、私が自ら進んで、奥方様の望みを叶えたいと思ってのことです。恵徳院様のご下命ではありません」

「うむ。麗《うるわ》しい忠義心だが、一度は疑った方がいいぞ。奥方様への忠義は、おぬしが本当に心から望んだことなのか」

「………」

「おぬし、郷里にご両親が居られるだろう」

「はい」

「ご両親は健在かな」

「二人とも健在です」

「差し迫った事態になったら、おぬしは、ご両親への孝か、奥方様への忠か、どちらを選ぶ？」

「…………」

香苗は美しい眉根をかすかに歪めた。

「いずれ、きっと『忠ならんと欲すれば、孝ならず、孝ならんとすれば、忠ならず』といった事態が来る」

「御隠居様は、まるで、私が奥方様にお味方するのが悪いと申されているようですが」

「ははは。そう受け取られたか。違うぞ。わしが言いたいのは、もっと己れを大切にして生きろということだ。御上も親も、所詮は、他人だ」

「そんなことはありませぬ。親は他人ではありません……」

香苗はキッと口を結んだ。

「他人と申したのは、おぬしは、御上でも、親でもない、おぬし自身だと言いたいのだ。だから、おぬしは、おぬし自身のため、生きよ、と言いたいのだ」

「己れ自身のために生きる？」

「平たく言えば、おぬしの人生は、御上の人生ではなく、親の人生でもない。他人の生き方に合わせる、あるいは他人の生き方に従うのではなく、自分自身を生きる。それが本当の親への孝となる。御上への忠にもなろうということだ」

「…………」

香苗は戸惑った顔をしていた。

元之輔は、若い香苗には、まだ老境の気持ちが分からないだろうな、と思いながら言った。

「わしが思うに、おぬしの生きる道は、三つある。第一の道は、あくまで御上への忠義に生きる道だ。引き続き、大前多門たちの追及を躱して、逃げ回り、御家宝を守って、長嗣様を世継にするまで、頑張る。最後まで、自らの命を投げ出し、奥方様に尽くす道だ」

「いまの私の生き方ですね」

「うむ」

香苗の目に光が灯るのが見えた。香苗は考えている。いい傾向だ。

「第二の道は、何でしょう？」

「心変わりし、筆頭家老派に鞍替えする。御家宝を大前多門たちに差し出し、現当主長豪様に忠義を誓う道だ」

「…………」

香苗は露骨《ろこつ》に嫌な顔をした。

元之輔は香苗の表情の変化を見ながら、あえて言った。

「この道は、親への孝にもなり、無用な御家騒動も治めるし、誰もが幸せに暮らせることになる。御家安泰の道だ。ま、一部の方々には不満が残るだろうがな」

「恵徳院様を裏切ることになり、私には到底出来ません。もってのほかです」

香苗は憤然とした面持ちになった。

「それに、筆頭家老派に敗北するのは、最も望まぬことです」

元之輔は笑いながら、うなずいた。

「そうであろうな。敗北するなら、死を選ぶ方がまだましということか」

「……戦うことなしに、相手に降伏するのは望まないということです」

香苗は武家の娘らしく、毅然《きぜん》として言った。

「それで、第三の道と申されるのは？」

「第三の道は、すべてを放り出して、すたこらさっさと逃げる道だ」

「なんですって。すたこらさっさと逃げるのですか」

「そうだ。この際、御上のご下命も、御上への忠義も捨てる。御家宝も捨て、ひたすら逃げる。己れの命をいちばん大事にし、己れが幸せになることをめざして生きる道だ」

「ふう……」

香苗は、しばらく半ば呆れたような困惑した表情になった。

元之輔は煙草盆を引き寄せ、キセルの火皿に莨を詰めた。火鉢の炭火に火皿を押しつけ、キセルを吸った。

香苗は、我に返って言った。

「もし、御隠居様が私だったら、どの道を選びますか？」

「わしか？　わしの選択を聞いて、どうするのだ？」

「はい。参考にしたいと」

「ならば、言おう。いまのわしなら、まぎれもなく、逃げる。一切合財《いっさいがっさい》を捨てて、何も考えることなく逃げ出す。無責任といわれようが、卑怯だとかいわれようが、生きたいように生きるために遁走《とんそう》する。面子も義理も何もかも無視し、逃げて逃げて逃げ回る」

「……やはり、そうですか」

香苗は、何かふっ切れたように笑った。

「何か参考になったかの」

「はい。お陰さまで御隠居様のような自由な生き方もある、と判りました。私には、望むべくもないとも。ただ、いい考えを思い付きました」

「そうか、何か思い付いたか」

「はい。新しい生き方も判ったように思います」

香苗は微笑んだ。顔が輝きを取り戻している。

廊下に丁稚が座った。

「御隠居様、お客様が御出でです」

帳場越しに、若党の田島結之介の姿があった。

「うむ。通してくれ」

「はい」

丁稚は店の座敷に急ぎ戻った。

「では、私は席を外します」

「いや、ちょうどいいところに田島が参った。おぬしを紹介する。わしの隠居屋敷を取り仕切る若党だ」

田島が店の座敷から歩んで来た。田島は控えの間に入って座りながら言った。

「御隠居、お知らせしたいことが」

「うむ。その前に、この御女中を紹介する」

「あ、あの御高祖頭巾の……」

「そうだ。今日から、うちに匿うことにした。面倒をみてくれ」

元之輔は香苗を田島に紹介した。田島はすべて心得た顔で承知した。香苗も、よろしくお願いいたします、と頭を下げた。

「ところで、田島、何か判ったのか」

「はい。倅の文之介が、御崎尽兵衛の娘御お染を探し出しました」

「ほう。それはでかした。で、どこに隠れておった？」

「なんと、小料理屋『秋月』の女将が奥の部屋に匿っていたのです。文之介は熱心に女将の許に通い、信用してもらい、お染と会うことが出来たのです」

「それで、おぬしも会ったのか？」

「はい。店に行って会いました」

「どんな娘御だった？」

「まだまだおぼこの、それはもう可愛い娘で、御崎尽兵衛殿とは似ても似つかぬ顔の別嬪さんでした。当たり前なのですが……」

田島は顔を綻ばせて笑った。

田島がまるで自分の娘の話をするかのように、嬉しそうな顔をするので、香苗もつられて笑い、袖で口元を蔽《おお》った。

「それに、もう一つ、嬉しいことが判りました」

「何だ？」

「お染の母親お厘が生きていると判ったんです」

「なに、両国橋から身投げしたんじゃなかったのか」

「いえ。お厘は橋の上から身投げしようとしたところを、橋の番屋の番人に見つかり、引き止められたそうなんです。それで番人に番屋に連れていかれ、年寄りの番人にこんこんと説教された。娘さんを一人遺して、先に母親が死んだら、娘さんがどんなに悲しむことか。それに娘さんが、その後、どんなに辛い思いをし、苦労するのか、判っているのか、と。どうやら、その年寄りは、お厘と同じくらいの娘がいたが、先立たれたらしく、親身になって、泣きながら諭《さと》したそうなんです」

「……ううむ。御崎尽兵衛に聞かせたい話だな。尽兵衛は、その年寄りの番人を見習わなくてはいかん」

「御隠居、それに、大事なことが、もう一つ判ったんです。お染は、御崎尽兵衛の子ではないらしいんです。だから、似つかぬのは当たり前なのですが」

「待て。お染は御崎尽兵衛とお厘の間に産まれた娘ではない、というのか」

元之輔は驚いた。

「女将の話では、お厘は御崎尽兵衛に囲われた時、すでに他の男の子を腹に宿していたんだそうなんです」

「御崎尽兵衛は、そのことを知っておるのか？」

「いや、知らないだろう、と女将はいってました。お厘も話していないはずだ、と。もちろん、娘のお染も御崎尽兵衛が実の親ではない、とは知らない。本当の父親だと思っていると」

「なぜ、お厘は、そのことを黙っていたのかな」

「当時、御崎尽兵衛は普請組組頭として、飛ぶ鳥を落とす勢いだった。ですから、お厘も言わなかったのでしょう。黙っていた方が幸せになれると思ったのでしょう」

「ふうむ……」

「御崎尽兵衛が、在所から追われるように江戸に出て来て、一緒に暮らすようになったら、お厘はますます真実を言えなかったのでは。それに、御崎尽兵衛は、お染を目に入れても痛くないほどに可愛がっていた。お染も尽兵衛を本当の親だと思って慕っていたそうなのですから」

「いまも御崎尽兵衛は、知らないのだな」

「お厘は、もちろん、女将も尽兵衛にいわなかった。そのころ、御崎尽兵衛は博奕にはまり、仲居で働くお厘から、しきりに金をせびり、お厘も給金の前借りに前借りを重ねるようになった。長屋にあった家財道具は売り払われ、金目の物はなくなった。それで、お厘が少しでも文句をいうと、怒った尽兵衛は殴る蹴るの乱暴を働くようになった」

「困った男よなあ」

「それで、お厘は、世の中を儚《はかな》み、橋から身を投げようとしたらしいんで」

「よく引き止められたものだ。それで、お厘は、いまどうしているのだ？」

「勘助が調べてきた話では、お厘はいま新宿《しんじゆく》の旅籠《はたご》の女中になって、一生懸命働いているそうなんで。働いてお金を貯め、なんとか、お染を呼び出し、二人で暮らして行こうとしているそうなんです」

「御崎尽兵衛は、それを存じておらぬのだろうな」

「もちろんです。お厘は、身投げして死んだことになっているんですから。女将も、固く口を閉ざして、喋らない。もし、御崎尽兵衛が、お厘が生きていると知ったら、また金をせびり、博奕に明け暮れすることになりましょう。娘のお染を博奕の借金の形にするくらいなのですから」

「御崎尽兵衛は、お染が女将に匿われているということを知らないのか」

「おそらく知らないでしょう。しつこく、女将に娘の居場所を訊いたり、消息を尋ねたりしているそうですから」

「そうか。懲《こ》りない男だな」

「やくざ者も娘を捜して、時々、女将のところにやって来るそうです。娘は御崎尽兵衛の借金の形となっているんだ、もし所在を知っていたら言え、言わないとただじゃ済まねえ、としつこく女将や仲居に迫るそうなんです」

「浅草奥山の大内山墨禅親分の手下か」

「はい」

「一度、大内山墨禅親分と膝詰めで、話をせねばならんな」

「御隠居、大内山墨禅には気を付けてください。墨禅は、これまで侍を含めて何人も殺しているらしい。だが、幕府の役人と裏で繋がっているらしく、これまでお咎めなしで、大きな顔をして歩いている」

「御崎尽兵衛は、その大内山墨禅から、借金しているのだろう。娘お染を形にして」

「御崎尽兵衛は、本当にしようがない男ですな」

「御崎尽兵衛は切羽詰《せっぱつ》まり、辻斬り強盗をしているという噂は、本当なのか？」

「いえ。本当かどうかは、辻斬りが捕まってみないと判らない話です。お染のためにも、そうじゃないことを祈りたいですが」

田島は頭を左右に振った。元之輔はため息混じりに香苗に言った。

「香苗さん、聞いたろう。世の中には、いろいろな人生がある。にっちもさっちもいかずに、しかし、どんなに苦しくても、なんとか生きようとしている人たちがいるってことを」

香苗は神妙な顔でうなずいた。

「はい。お話をお聞きし、本当に勉強になりました。私も少し生き方を見直して変えようか、と思いました」

「うむ。それはいい。どう変わろうとしているのかは判らないが、楽しみとしよう」

元之輔はキセルの首を火鉢の縁にあて、火皿の灰を落とした。

「それでは、香苗殿、参りましょうか」

田島が立とうとした。

「少々お待ちいただけますか。大舘屋久兵衛さんにお願いすることが出て来ましたので。話を終えたら、すぐに戻ります」

香苗はすっくと立ち上がった。元之輔に一礼し、店の座敷に入って行った。座敷の奥で客の応対をしていた大舘屋に、香苗は近寄って声をかけた。大舘屋はにこやかに笑い、客を小番頭に任せると、香苗と共に廊下に姿を消した。

「綺麗な御女中ですな。あの侍たちに狙われる理由が気になりますが」

「ちょうどいい機会だ。田島にも話しておこう」

元之輔は、安芸竹山藩の御家騒動と、それに絡んだ香苗の話を田島に聞かせた。

しばらくして、香苗が一人で控えの間に戻って来た。

「お待たせしました」

香苗の顔は、いくぶんか紅潮していた。

「では、参りましょう」

田島がいうと、香苗は紫色の布を頭に被ろうとしたが、笑みを浮かべてやめた。

「これを被ると、却《かえ》って目立ちますね」

田島は小さくうなずいた。

香苗は田島の後に従うようにして店先から姿を消した。

元之輔は、二人の後ろ姿を見送りながら、またキセルを吹かした。

四

昼下がり、蔵の前の空き地で、元之輔が昼飯の腹ごなしに手代の真次やお菊ら三人の女中たちに、心張り棒の振り方、打ち込み方を教えている時、慌ただしく丁稚が駆け込んだ。

「御隠居様、店に来てください。やくざ者が暴れています」

「すぐ参る」

元之輔は片肌脱いでいた着物の袖に腕を通し、廊下に上がった。

「私たちも」

お菊と梅と楓の三人が刺股を抱えて、元之輔の後に続いた。三人は、やる気満々だった。稽古を重ねるうちに、自信が付いたのだろう。店に何かあると、真っ先に駆け付けるようになっていた。

いい傾向だ、と元之輔は笑った。

三人の女中たちの活躍に、番頭や手代、丁稚たちも刺激されて、最近は刺股、心張り棒の稽古に余念がない。

店の座敷には諸肌脱《もろはだ》ぎをし、倶利伽羅紋々《くりからもんもん》の刺青《いれずみ》を見せ、大番頭と小番頭に凄んでいる男がいた。

「てやんでえ。てめえら、勝手に、人のでえじな着物を流しやがって。この始末、どうつけてくれるんでえ」

男はざんばら髪をまとめ、頭頂で紐で髷を結っただけの奇妙な頭をしている。頬から顎にかけて不精髭を蓄え、細い目の上には太くて黒々とした引眉《ひきまゆ》をしている。自分で墨で眉を引いたらしく、左右の眉の端が下がっており、情けなそうな顔になっている。

元之輔は、笑いを堪え、お菊たちに男を刺激しないように、ここで待てと手で制した。大番頭と小番頭の後ろに座った。手にした心張り棒は背後に置いた。

倶利伽羅紋々は、じろりと元之輔に目をやり、ちっと舌打ちした。

「店主が出て来ると思ったら、年寄りのサンピンかい。早く店主を呼べと言ってんだよ」

倶利伽羅紋々は目を怒らせ、余衛門を睨み付けた。

「お客様、そうは言われても、この質札は一年以上も前のもの。期限もとっくの昔に切れていて……」

「うるせえやい、てめえは黙っていろ。おれは店主と話をつけてえんだ。ひっ込んでろ。早く店主を出せ。おれのでえじな着物を返せってえんだよ」

元之輔は、小番頭に囁いた。

「この男は、よく店に来るのか」

「いいえ。うちには初めてです。質札もこいつのものではなく、別の町奴が質入れした古着です」

「なにをこそこそしゃべってやがるんだ」

倶利伽羅紋々はぎろりと細い目を剝いて、元之輔と小番頭を睨んだ。威勢がいい割に、凄味がなかった。可笑しな引眉のせいだった。

元之輔は笑みを浮かべながら穏やかに言った。

「そこの倶利伽羅の兄さん、おぬし、もしかして、大内山墨禅親分の身内の者じゃあるまいな」

「なんだと、サンピン、もう一度いってみろってんだ。オオウチヤマがなんだ……。なにい、大内山墨禅親分の身内かだと」

無頼漢《ぶらいかん》は慌てて座っていた座敷の端から立ち上がった。

「大内山墨禅親分の身内だったら、どうだっていうんだ」

「墨禅親分は大内山組の大親分だろう？　その身内といえば、義理と人情に篤《あつ》く、素人に迷惑はかけない男の中の男だ。ケチなチンピラとは違うだろうな」

「そりゃそうだ。だから、なんでえ」

「おぬしも墨禅親分の身内なら、とっくの昔の質流れにいちゃもんをつけ、金をせびるような、ケチな真似をして親分の顔に泥を塗りはしないよな」

「あ、あたぼうよ。おいらはこう見えても、大内山組の端くれだ。その辺のチンピラと一緒にされたら、おてんとう様に申しわけが立たねえ」

無頼漢は、だんだん最初の勢いがなくなった。

「おぬしが真っ当な男なら頼みがある」

「なんでえ、頼みってえのは」

「墨禅親分に話がある。わしを墨禅親分の許に案内しないか。案内してくれたら、小遣いを出すぞ」

「親分のところに案内しろってえのか。何の話があるってえんだい」

「おぬしには関係ない話だ」

「……案内したら、いくら出す？」

「いくら欲しい」

「百文《もん》……いんや二百……三百文だ」

無頼漢は尻をぼりぼり掻いた。

「御隠居様、浅草の奥山に案内させるだけで三百文は出し過ぎですよ」

小番頭の寅吉が囁いた。元之輔は笑った。

「番頭さん、いい。この男は食い詰めて、こんなことをやっているんだろう」

元之輔は倶利伽羅紋々に言った。

「よし。いいだろう。三百文出そう。案内いたせ」

「ああ、案内するぜ」

倶利伽羅紋々は、着物の袖に腕を通し、披露していた自慢の刺青を隠した。

元之輔は後ろの女中たちに叫んだ。

「誰か、悪いが、わしの大小を持って来てくれぬか」

「はーい」「はい」

女中たちが返事をした。梅と楓が控えの間に走り込んだ。二人は刀掛けから、大小を手にすると元之輔の許に急ぎ足で歩み寄った。

無頼漢は元之輔が立ち上がり、刀を受け取ると、ぶるっと軀を震わせた。

「心配いたすな。案内人を斬りはせぬ」

「へい」

無頼漢は急に大人しくなり、ぺこりと頭を下げた。元之輔は、大小の刀を腰の帯に差し込んだ。

「番頭さん、ちと店を出る。用事が終わったら、すぐに帰る。大旦那に、そう伝えてくれ」

「はい。お気をつけて」

「御隠居用心棒様、いってらっしゃいませ」

女中たちが大声で言った。

元之輔は、着物を尻っ端折りした無頼漢の背中を心張り棒の先でどやしつけ、行こうと促した。


大内山墨禅親分の豪邸は、浅草の奥山の一角にあった。あたりには、五分咲きの桜が、競うように咲いている。

倶利伽羅紋々は奥山に来ると、借りてきた猫になった。周囲をきょろきょろ見回し、顔見知りの町奴たちに頭を下げて挨拶する。

奥山の空き地には、芝居小屋や見せ物小屋が建ち、たくさんの露店が通りの両脇に並んでいた。大勢の物見遊山《ものみゆさん》の客たちが、浅草観音を参詣した後に流れて来る。

墨禅親分の豪邸の玄関先に着くと、男はすっかり大人しくなり、「こちらでやす」と元之輔に頭を下げた。男は玄関先を箒で掃いていた若い者に腰を屈めて挨拶した。

「兄貴、いい日和でやすな」

「なんだ、安《やす》、てめえは……」

若い者は、男を安と呼び、後ろにいる元之輔に気付いた。

「親分さんにお会いしたいという客人をお連れしました」

「なに、親分に会いたい？」

元之輔は懐から巾着を取り出し、「ご苦労さん、これは駄賃だ」と三百文を、男に手渡した。安は銭を受け取ると数を検めもせずに、一目散に逃げ去った。

若い者は箒を後ろに回し、腰を低めてきいた。

「お手前はどちら様で」

「隠居の桑原元之輔と申す者。親分さんにお取次ぎ願いたい」

「ご用件は？」

「こちらに、いろいろとご厄介になっている御崎尽兵衛について、ちとご相談したいことがあると」

「御崎尽兵衛？　少々お待ちんなってくんなさい」

若い者は御崎尽兵衛の名を知っていたらしく、急いで玄関の中に走り込んだ。

元之輔は玄関先に枝を伸ばした桜の花を見上げた。まもなく、廊下を走って来る足音が聞こえた。

「鉄《てつ》、廊下は走るなって何度言ったら分かるんだ」

怒鳴り声が聞こえた。振り向くと、恰幅のいい大男が廊下に姿を見せた。さっきの若い者が廊下に正座し、身を縮めていた。

「あんたが、御崎尽兵衛の旦那のことで話に御出でなすった御隠居さんでやすか」

「さよう。突然だが、安とかいう若い者が店にやって来て、こちらの親分さんの身内だと申しておったので、ぜひ、親分さんにお会いしたい、と案内してもらったところでした」

「安が？　あの野郎がまた悪さして、素人さんにご迷惑をおかけしましたか。ふてえ野郎だ。本当に申し訳ございやせん。安は身内なんて者ではない、ただの使い走りの一人に過ぎやせん。ところで、御隠居さんは、お武家様のようですが、どちらのお店のことでございますか」

「大舘屋です」

「あっ」

大男の赤ら顔が笑った。

「では、今度、大舘屋にお入りになった御隠居用心棒ってえのは、御隠居さんで？」

「ま、そう言われておりますな。恥ずかしいけれど」

「瓦版で見ました。そうですかい。御隠居用心棒さんが、わざわざ、お越しになったってわけですかい。こりゃ光栄だ」

「で、おぬしが、大内山墨禅親分さん？」

大内山墨禅は立ったまま頭を下げた。

「あ、失礼しやした。あっしが、大内山墨禅でやす。お初にお目にかかります」

「それがしは、桑原元之輔と申す隠居です」

「こんなところで立ち話はなんですから、どうぞ、お上がりください。どうぞ。おい、鉄、ぐずぐずしてねえで、御隠居様にお茶を用意しろ」

「へい」

鉄と呼ばれた男は廊下を走って奥に行こうとした。

「鉄、廊下を走るな！」

墨禅親分は怒鳴った。鉄は途中で足を止め、ゆっくりと歩き出した。

「しようがねえ野郎で。さ、こちらへ、どうぞ」

墨禅親分は腰を屈めて先を歩き、廊下に上がってすぐの客間に元之輔を案内した。

「そうですかい。御崎の旦那には、そんな事情がおありだったんですかい」

墨禅親分は長キセルを吹かしながら、大きくうなずいた。

「それで、御崎の借金は、どのくらいになっているのか」

「証文を見なければ、正確な額はいえませんがね、ざっといって三百両は下らないでしょうな」

「三百両にもなっておるというのか」

元之輔は腕組みをし、ため息をついた。

「御崎は、どうして、そんな借金を作ったのかね。やはり、博奕ですったのかの」

「そうですな。御崎の旦那は、普請組組頭をなさっておられたころからの常連さんでしてね。その当時から博奕《てあそび》にはまってしまい、江戸に来る度に、よく大金を張ってらっしゃった」

もしかして、御崎は藩の公金を持ち出したかも知れないな、と元之輔は密かに思った。そうでなければ、いくら普請組組頭でも、博奕遊びをするほど、余分な金はない。

「……でやすから、御崎の旦那は、賭場ではいい顔でした。うちの賭場では上客のお一人でした」

「さようか。上客だったか」

「ですがね、御隠居さん、あっしは、御崎の旦那を止めたんですよ。ある時から、負けが込みはじめて、あっしらに借金を申し込むようになった。ツキ運に見離されたんでさ。だから、あっしは、いまが潮時、これ以上、博奕をやると身の破滅になりやすよ、おやめなせえって」

「………」

「だけど、御崎の旦那は、もう一回、もう一回とおやめにならなかった。博奕で負けが込むと、てえげえの人は、博奕で取り戻そうとする。だけど、人生、そう甘いもんじゃねえ。博奕で失ったものは、決して博奕では取り戻せねえもんなんです」

「なるほどな」

「御崎の旦那も、博奕でツケを払おうとしたから、どんどん深みにはまってしまったんで」

「娘御を形にして、二十両も借りたんだそうだな」

「あっしは、よしなせえって止めたんですが、御崎の旦那は聞く耳を持たなかった。

そればかりか、女房も形にして博奕を打った」

「何、お内儀さんも形に入れたのか。それはいくらの形だったのだ？」

「……十両でさ」

「たったの十両で御崎はお内儀を借金の形にしたというのか」

元之輔はお厘を思った。七、八年前、隅田《すみだ》堤の桜見の宴席で、御崎が女連れだったのを思い出した。元之輔は御崎から、その女を紹介された。名前は覚えていないが、女は町家の女で、男好きがするいい女だった。

いまから考えると、あの女がお厘だったのだと思う。その時以来、一度もお厘には会っていない。

「ところが、御崎の旦那にいわせると、形にした女房が六年も前に大川に身投げして死んじまってたってえわけじゃねえですかい。あっしら博奕打ちは、人を食って生きているんで。形にした女が死んじまってたってんで、金が取れないとなっては、今度はあっしらが食っていけない。あっしも大勢いる組員やその家族も食わせていかねばなんねえんで。そいで御崎の旦那に、どうしてくれるんで、と訊いた。死んでいちゃ元も子もねえんで、いますぐ、二十両の形にした娘を渡してもらおうかと言ったら、御崎の旦那、あっしに土下座して、それだけは待ってくれと」

「………」

元之輔はやりきれない思いで、墨禅親分の話を聞いていた。

「いま十三の娘が、三年も経てば、見事な蝶になる。吉原《よしわら》にでも、身売りさせて、大金を作るから、もう少し待ってくれと、頭を下げるんで。あっしも人でなしだが、御崎の旦那もあっしに輪をかけた人でなしだ」

「で、親分はどう答えなすったのだ」

「そこまでいわれちゃあ、仕方ねえでしょう。じゃあ、待ちましょうと。無理して娘を渡せと言ったら、きっと御崎の旦那も逆上して、だんびらを抜きかねねえ。そうなったら、元も子も無くなる。三百両全部が取れなくなっちまう」

墨禅親分はにやっと笑った。

「人は死んじまっては、すべてご破算になっちまう。ま、生かさず殺さず、金を搾り取れるだけ搾り取る。悪いが御崎の旦那も、そういう一人ということでさあ」

「………」

元之輔は胸に怒りの炎がめらめらと燃えるのを覚えた。墨禅親分に対しての怒りだけではない。御崎尽兵衛の腑甲斐なさへの怒りもあるが、こんな理不尽で、救いのない世に対する抑えようもない怒りだった。そして、己れの無力さに対する怒りでもあった。

元之輔は座り直し、墨禅親分の目を真直ぐに見つめた。

「借金三百両は、必ず本人に返させる。それには、御崎尽兵衛を真っ当な人間に戻さねば出来ることではない。いま御崎は借金返済に焦っている。辻斬り強盗も辞さない覚悟をしている」

「……辻斬り強盗？　いくらなんでも、それはまずいな」

「もし、御崎が辻斬りをして、役人に捕まったり、相手から返り討ちにでもあったら、三百両は取れずに水の泡となってしまうだろう」

「そうはいうが、御隠居さん、御崎の旦那に借金を返すあてはあるのかい」

「ある。在所に戻れば、土地も畑もある」

元之輔は嘘を承知で言った。御崎尽兵衛を立ち直らせるには嘘も方便だ。

「……御崎の旦那から、そんな話は聞いていなかったな。在所の実家から追い出されたとは聞いていたが」

「御崎尽兵衛が博奕から足を洗い、正気を取り戻して、まともな人間になれば、在所の実家も許して受け入れる。御崎尽兵衛がいまのような博奕狂いでは、実家は決して受け入れてくれぬ」

「……ううむ」

「御崎家は、在所の長坂では大地主だ。田畑の一つや二つ売れば、三百両の金はすぐに返せる」

これまた嘘だ。尽兵衛は御崎家に婿養子で入った男だ。その御崎家から縁を切られた尽兵衛は、在所に戻っても、誰も迎えてくれることはない。

「なるほどねえ。御崎の旦那に、そんな大地主の実家があるとはな」

墨禅親分は長キセルを忙《せわ》しげに吸い、煙を吐き出した。

「分かりやした。御崎の旦那に、博奕から足を洗うようといいやしょう」

「うむ。そのためには、御崎がもっとも悩んでいるのが、娘のことだ。墨禅親分、なんとか娘を借金の形から外してほしいのだが」

「それは出来ねえな。娘は二十両の借金の形なんだ。その二十両を頂かないとな」

「分かった。では、それがしが、二十両、御崎に代わってお払いしよう。それで、娘を形に取った証文を渡してくれるか?」

「女房を形にした十両の証文もあるが」

「それは駄目だ。死んだ女房の分は出せない」

「じゃあ、しかたねえな。二十両出してくれさえすれば、娘を形に取ることはねえ」

墨禅親分は長キセルを手で叩き、火皿の灰を火鉢の中に落とした。

「で、残りの借金二百八十両は、どうしてくれるんで？」

「それは、御崎尽兵衛に訊いてくれ。わしは娘の形の二十両だけは責任を持つ。残りは御崎の問題だ。やつが必死に働いてでも返さねばならぬ」

墨禅親分は、陰険な眼差しでじろりと元之輔を見つめたが、すぐに頰を緩めた。

「御隠居さん、分かりやした。あとは、御崎の旦那を、博奕から足を洗わせ、真っ当な人間に戻して、故郷に帰っていただく。そして、故郷の田畑を処分してもらい、あっしらに残りの借金を払ってもらうということですな」

「うむ」

そうはいくまいが、という言葉は呑み込んだ。己れに出来るのは、ここまで。後は、博奕で借金を重ねた御崎尽兵衛が考えることだ。わしが悩むことではない。

そうとは知らぬ墨禅親分は満面笑顔にして長キセルの火皿に莨を詰めていた。

庭を見ると、桜の花弁が、ちらほらと風に乗って舞いはじめていた。

五

「天下の直参旗本を、こけにしやがって。その値段はなんだ。ただ同然じゃねえか。店主を出せ。店主と話をしようではないか」

店の座敷で大番頭の余衛門にゴロを巻いていた旗本の子弟の遊び人は、元之輔が余衛門の後ろに座ると、元之輔を気にして、次第に語気の勢いが無くなった。

最後には、旗本の馬鹿息子は「なんでえ、御隠居用心棒とかなんとか吐《ぬ》かしやがって。ただの爺いじゃねえか。なんも恐くねえぞ」と捨て台詞《ぜりふ》を吐《は》き、元之輔を睨みながら、持ち込んだ香炉を抱えて、逃げるように店を出て行った。

店内にどっと笑いが起こった。居合わせた客たちも笑っている。

大番頭の余衛門は振り向いて言った。

「御隠居様、ありがとうございます。ああいう手合いが多うございまして。特に花見のころになると、酒代欲しさに、二束三文にしかならぬ品を持ち込んで来て、居丈高《いたけだか》に脅し、少しでも高く質入れしようとする手合いがいるもんで」

「そうか。困った連中だな」

元之輔はやれやれと頭を振った。

「ところで、御隠居様、先日、持ち込まれた大鎧ですが、骨董屋に鑑定していただいたら、ちょっと傷みが激しいが、それでも百両はする値打ちものということでした」

「ほう。さようか。それはすごい」

「私は、せいぜい五百文ぐらいの値打ちしかない、と言いましたが、御隠居様の鑑定眼に感服《かんぷく》しました」

「いやいや。わしもいい加減なものだ。あの侍が気の毒になって、少しばかり、値を吊り上げて言ってしまった。鑑定眼などない」

「そんな御謙遜を」

「で、持ち込んだ侍は、質入れした大鎧を引き取りに参ったかな」

「いや、まだ御出でになりません。もしかして、二度と取りに来ないかも知れません。骨董屋の付けた値段を聞いていませんから、安物と思い込んでいるやも」

「では、期日が来れば質流れしてしまうことになる」

「いえ。それでは、あのお侍様が気の毒ですから、大旦那様と相談し、三之蔵でしばらくお預かりしておこうと思います」

「そうだのう。それがいい」

元之輔は、侍の貧しそうな黒紋付羽織や袴を思い出した。

あたふたと口入れ屋の扇屋伝兵衛が店に入って来た。

「御隠居、大番頭さん、やはり、そうでしたよ。大坂屋と駒込屋が仕組んだものでしたよ」

伝兵衛は店の座敷に手をつき、ぜいぜいと息を切らしていた。

「おう、ご苦労だったな」

元之輔は伝兵衛を労った。

伝兵衛の話は詳しく聞かずとも、おおよそ見当はつく。

「まあ、ともあれ、上がって部屋でお茶でも飲みながら、ゆっくり話を聞こう」

「はい」伝兵衛は乱れた呼吸を整えた。

「大番頭さん、大旦那にも、部屋に来るように言ってくれ」

元之輔は伝兵衛を控えの間に促した。

「大坂屋と駒込屋を訪れ、あんたたちがあらかじめ、大舘屋の店に脅しや嫌がらせをやって、用心棒を雇わせるように仕組んだのだろう、と問い詰めたんです。そうしたら、どちらも、そんなことはしていない、あらぬ疑いをかけられ、迷惑だ、濡れ衣《ぎぬ》だ、扇屋伝兵衛こそ、そうやって御隠居用心棒を大舘屋に売り込んだのだろう、と開き直った」

元之輔はお茶を飲みながら、大舘屋久兵衛と顔を見合わせた。

「ふむ。それで？」

「私も面子があります。そこで、大坂屋と駒込屋が用心棒として、こちらに送り込んだ浪人者たちを探し出し、事情を聴いたら、やはりそうでした。大坂屋や駒込屋からお金を貰って、脅迫状を貼ったり、猫の死骸を玄関先に置いたりしたと白状しました」

「そうだと思いました」

大舘屋は苦笑いをし、元之輔を見た。

「それで、その浪人者たちを引き連れて、大坂屋と駒込屋の店に乗り込んだんです。一緒に、出るところに出ましょうと。そうしたら、どちらも青くなって震え上がり、勘弁してほしい、と謝った。近日中にも、大坂屋と駒込屋が、菓子折でも持って、こちらに謝りに来ると思いますよ」

「来なくてもいいから、二度とやってほしくないものですな」

大舘屋は安堵の表情になった。

「だが、大坂屋と駒込屋のおかげで、扇屋さんにお願いし、御隠居様用心棒をご紹介いただいた。結果良ければ、すべてよしでございますな」

「まだ、いいことがありますよ」

大番頭の余衛門が笑いながらいった。

「御隠居様のおかげで、店の者たち全員が、いざという時に、自分たちだけでも、刺股や心張り棒で立ち向かう態勢が出来ました」

小番頭の寅吉がため息混じりでいった。

「女中三人組まで、いまでは目の色変えて、刺股を使い、心張り棒を振り回すようになりましたからな」

元之輔は笑った。

「ははは。そろそろ御隠居用心棒は御用済みということでござるな」

大舘屋が慌てて言った。

「いや、そうではありません。まだまだ御隠居様には用心棒をお務めいただかないと」

「そんな意味でいったわけではありません。御隠居様はこのままいつまでも、居てください」

小番頭の寅吉が言い、大番頭の余衛門も元之輔に頭を下げた。

「お願いいたします。まだまだ、安心は出来ませんので」

「冗談です。まだ約束した期日は終わっておりませんのでな」

元之輔の言葉に、みんなはほっと安堵の吐息を洩らしていた。

大舘屋は元之輔に頭を下げた。

「では、私たちは店に戻ります。番頭さんたちも戻って、お客様のお相手をしてください」

余衛門も寅吉も、元之輔と扇屋に頭を下げ、大舘屋久兵衛と一緒に部屋から出て行った。

元之輔は扇屋伝兵衛に向き直った。

「ところで、伝兵衛、折り入って、ちと願いがあるのだが」

「なんでございましょうか」

「まだ勤めの期日が終わっておらぬが、約束の金二十両を前借り出来ないものかと思ってな」

「どういう御事情でございますか」

扇屋は訊いた。

「人助けのためだ。お願いいたす」

元之輔は扇屋に頭を下げた。

六

御崎尽兵衛は、田島結之介に連れられ、怖ず怖ずと店内に入って来た。

「いらっしゃいませ」

番頭をはじめ、手代、見習い、丁稚たちみんなが口を揃えて迎えた。だが、すぐに客ではないと分かり、自分の仕事に戻って行く。

御崎は場違いなところに来たかのように、あたりをきょろきょろ見回していた。

元之輔は、控えの間に座ったまま、御崎尽兵衛に手を上げた。御崎は、元之輔を認めると、ほっとした顔になった。田島に促され、座敷に上がると、大刀を携え、ずかずかと控えの間に歩いて来る。

御崎尽兵衛は、あいかわらず不精髭を頰や顎に蓄え、月代も手入れされておらず、短い毛が生えている。軀はさらに痩せて、一回りも二回りも小さくなったようにも見える。着ている着物や袴は汚れて、糸のほころびも見えた。

御崎は控えの間に入ると、部屋の中をじろじろと見回した。

「おぬし、こんな立派な店で働いておったのか」

「うむ。尽兵衛、ちゃんと飯を食っておるのか。前会った時よりも、さらに痩せたように見えるが」

御崎は答えず、火鉢の前にどっかりと座った。土に汚れ、痩せた裸足が見えた。

「桑原は、元気そうだな」

「おかげ様でな。あいかわらずだ」

元之輔は悲しかった。小普請組組頭のころの御崎尽兵衛は、こんなに貧相ではなかった。顔は不精髭で隠しているものの、げっそりと頬は痩け、眼窩《がんか》が深くなり、目付きが陰険になっている。

小太りだった体付きは、いまでは痩せ細っている。昔の羽振りの良かったころの御崎尽兵衛ではない。年を取ったといえば、その通りだが、御崎尽兵衛は元之輔より、わずか二歳上に過ぎない。

哀れだ。そう思ってはいけないと思うのだが、どうしても、哀れに思ってしまう。自業自得とはいえ、こんなにまで落ちぶれるとは。

元之輔は感傷を無理遣り振り払った。

「今日、わざわざ来てもらったのは、おぬしの借金のことだ」

「それがしの借金だと？」

御崎の目に険悪な光が灯った。

「先日、大内山墨禅親分に会って、おぬしの借金のことを聞いた」

「…………」

御崎の目が、余計なことをしおってと語っていた。

「おぬし、博奕で負けて、三百両も借金を背負っておるそうだな」

「桑原、その話なら、それがし、帰らせてもらう」

御崎は刀を抱え、立とうとした。

「待て。おぬし、二十両の借金の形に、娘のお染を差し出したそうだな。お染は、健《けな》気《げ》なことに、親のおぬしのためなら、身売りしてもいい、と言っていたそうだ。おぬし、親として、我が子をそんな目に遭わせて、いいと思っているのか」

御崎は立つのをやめ、どっかりと腰を落とした。

「誰にお染の話を聞いた？」

元之輔は田島の顔を見た。田島はうなずいた。

「……『秋月』の女将からお聞きした」

「やはり、あの女将、お染の居場所を知っているのだな。あの女、それがしには知らぬ存ぜぬと言い募って。おのれ騙しおって。許せぬ」

元之輔は思わず声を張り上げた。

「御崎、何を考え違いしておる。女将のところには、時々墨禅親分の手下のやくざ者たちが現われ、お染はどこに居るのだ？　隠すとためにならぬぞ、と脅しているのだぞ」

「…………」

「やつらは、二十両の形のお染を見付け出し、女郎屋に売り飛ばそうとしている。お父様のためなら、と身売りを覚悟している、健気な娘のお染を、親のおぬしは可哀相だと思わぬのか」

「……済まぬと思っている」

御崎はぼそりと言った。目が暗い水底を見つめるように沈んでいた。まだ御崎は親として娘を思う心をなくしてない、と元之輔は見て取った。

「女将は必死にやくざたちの脅しに屈せず、お染を守っているのだぞ。その女将を逆恨みするとは何事だ」

「……だが、一目娘に……」

「それが、甘い。やくざ者は、終始、おぬしを見張っておろう。一目でも会ったら、やくざ者たちは、押し掛けて、お染を連れ去って行く。それでもいいのか」

「………」

御崎は唇を噛み、ぶるぶると震えた。

「御崎、泣くな。おぬしが泣けば、それがしも切なくなる」

御崎は目を袖で拭いた。

「そこで、それがしは墨禅親分に会って直談判した。借金三百両のうち、お染の形の分二十両を払えば、その証文だけは寄越す。そうすれば、お染を形として取ることはない、とな」

「………」

「二十両を返せば、おぬしはお染と安心して会える」

御崎は膝の上の拳を固く握り締めていた。

「……その二十両がない」

元之輔はうなずいた。

「そこで、それがしが、二十両を用意する」

「……なにい」

御崎は顔を上げ、元之輔を睨んだ。目に猜疑の光がちらついていた。元之輔は続けた。

「その二十両を墨禅親分に渡し、お染を形にした証文を取り返せ」

「……二十両の見返りは？」

「ない」

「ない？」

「見返りは何も求めない」

「………」

御崎は疑いの目を元之輔に向け、何か隠しているのではないか、と探った。

「見返りもなく、それがしに、二十両をめぐんでやるというのか」

元之輔は御崎の屈辱を悟った。このままでは、御崎はお恵みはいらぬと断ってくる。御崎は武士として、最後の矜持《きょうじ》を保とうとしている。元之輔は咄嗟に言った。

「いや、条件が一つある。今後、どんなことがあっても、博奕に手を出さぬことだ」

「………」

御崎は背筋を伸ばし、じっと元之輔を睨んだ。元之輔も睨み返した。御崎は元之輔の真意を推し量っていた。これまで御崎は何度も人に裏切られてきたのだろう。騙されたに違いない。本人も、大勢を騙し、裏切ってきた。だから、素直に元之輔の言葉を信じられずにいる。

御崎の目に安堵の光が宿った。元之輔を信頼したのだ。

「分かった。もう二度と、博奕には手を出さぬ」

「天に誓うか」

「誓う。二度と博奕には手を出さぬ」

「武士に二言《にごん》はないな」

「ない」

「よし。おぬしを信じる」

元之輔は懐から、ずっしりと重い紙包みを取り出し、御崎の前に置いた。

「本当にいいのか」

「いい。おぬしの金だ」

「…………」

御崎は恐る恐る手を伸ばし、金子の紙包みを摑んだ。しっかりと懐に入れた。

「桑原、かたじけない。一生恩に着る」

「御崎、これで借金全部がチャラになるわけではない。残りの借金二百八十両は、おぬしが、なんとか正業に就き、こつこつと真面目に働いて返すか、あるいは……」

「……わしも、そんなに若くはない。いい仕事などあるとは思えない」

「ならば、ふけるのだな。何もかも放り出して逃げる」

「なるほど。その手があったか。考えておこう」

御崎はふっと笑った。本日いちばんの笑顔だった。御崎は嬉しそうに言った。

「善は急げだ。それがし、早速、墨禅親分のところへ二十両を返しに行く。そして、証文を取り戻し、娘に会いに行く」

御崎は田島を伴い、いそいそと店を出て行った。来る時とは、足取りが違っていた。

御崎を見送って戻って来た田島は、心配気な顔で言った。

「御崎尽兵衛殿、あの金でまた……」

「田島、心配無用。御崎は誓った。武士に二言はない、と」

「分かりました。私の思い過しでした。それにしても、外は桜晴れのいい天気です」

「うむ」

元之輔は立ち上がり、障子をがらりと開けた。

庭の桜が、目の前にあった。背後に青空が広がっていた。花は暖かい春の陽射しを受けて輝いていた。

「ほんとに晴れ晴れとした日和だな」

元之輔は両手を伸ばし、深々と空気を吸った。

七

翌日、元之輔が、女中三人組の敵役となって、刺股の攻撃を躱している時、手代の真次が蔵の前の空き地に顔を出し、元之輔を呼んだ。

「御隠居様、大旦那様が店に御出でくださいと」

「分かった」

と元之輔は真次に答えた。

「参った参った。今日の稽古はこれまで」

元之輔は三方を囲む御女中たちにいい、胸元や脇腹、太股を押さえた刺股を外した。

「今日の稽古の出来は？」

お菊が訊いた。

「完璧だ。言うことなし。完全に泥棒を押さえ込んだ」

「よっしゃ」

梅も楓も満足気にうなずいて刺股を下ろした。

元之輔は刺股で押さえ込まれた胸元や太股を擦りながら廊下に上がった。着物の襟元を直しながら、高笑いしている女子たちを見た。

あの女子たち本気で刺股で押し込んで来る。容赦ということを知らない。小番頭の寅吉が、悲鳴を上げて、御女中たちの攻撃から逃げ回っていたのが、よく分かった。

元之輔はため息をつき、店先に出て行った。

やれやれ、また出番か。

座敷に大勢の黒縮緬に無紋の御徒士たちが立ち、大舘屋久兵衛と大番頭の余衛門、小番頭の寅吉と対峙していた。

御徒士頭の大前多門が大舘屋久兵衛と向き合って座っている。御徒士たちの中には、笠井の大柄な体軀はなかった。

元之輔は、木刀を携えたまま、そっと大舘屋久兵衛の後ろに座った。

大前多門が元之輔を見てにやりと笑った。待っていたぞ、と目がいっている。

前回とは、だいぶ態度が違うな、と元之輔は思った。何か企《たくら》んでおるのか。大前多門の態度には余裕があった。

大舘屋久兵衛の左右に大番頭の余衛門と、大柄な寅吉が座っていた。

大舘屋久兵衛は毅然として言った。

「何度も申し上げましたが、いくらお金を積まれても、質札をお持ちでなければ」

「質札は、まもなく来る」

「来る？」

「さよう。質入れした女が持って参る」

大前多門は勝ち誇り、じろりと元之輔を流し目で見た。

店内には、ほかの客は居らず、いつになく森閑《しんかん》としていた。手代や見習い、丁稚たちは、対峙する大舘屋久兵衛たちと御徒士組の侍たちを、息を殺して見ていた。

突然、玄関先に騒めきが起こり、女を引き立てた御徒士たちが入って来た。

引き立てられた女は、香苗だった。香苗の腕を摑んで引き立てているのは、大男の笠井だった。笠井の顔は脂ぎっていた。鼻息が荒い。

笠井は、両腕で香苗を抱き上げると座敷に上げた。下ろした後、笠井の手が香苗の尻を撫でた。

香苗は振り向くと、いきなり笠井の頰に平手打ちした。小気味いい音が立った。

元之輔は自分が叩かれたかのように、一瞬顔をしかめた。自分も香苗の尻を、うっかり触ったことがある。あの時は、平手打ちされなかった。

笠井はかっとなって、拳を振り上げた。

「笠井、やめろ。おぬしが悪い」

大前多門が怒鳴り付けた。

うむ、大前もいいところがある、と元之輔は思った。

笠井は忿懣《ふんまん》やるかたないといった顔で、太い腕を伸ばし、香苗の首根っこを押さえ、大前の後ろに座らせた。

香苗の目と目が合った。元之輔は大丈夫、心配いたすな、と目でいった。香苗はかすかにうなずいた。

「香苗、質札を出せ」

大前は振り向き、香苗に手を出した。香苗はしぶしぶと胸元に挟んだ黄金色の札を差し出した。大前は満足気に黄金色の質札を受け取り、大舘屋久兵衛に差し出した。

「大舘屋、これで文句はあるまい」

大舘屋久兵衛は、質札を入念に調べ、なお、大番頭に手渡した。大番頭の余衛門も、質札を確かめてから言った。

「間違いなく、うちの質札です」

大前はにんまりと笑った。

「前回、質草は入れた本人でないと引き出せないと申したな」

「そういう決まりになっています」

大舘屋久兵衛は毅然と答えた。大前は、後ろに座った香苗に顎をしゃくった。

「入れた本人はここに居る」

「その当人が質草を出すのを承認しなければ、出すわけにいきません」

「香苗、質草を出すことに同意するだろうな」

香苗は無言だった。笠井が香苗の背をどんと突いた。

「……同意します」

香苗は小声でいった。大前多門は、にんまりと笑みを浮かべた。

「というわけだ。あとは、借りた金と利子分、保管料を払えばいいんだな。いくらだった？」

「桐箱に入った白磁の器と青磁の花器で、それぞれ五十両ずつです。合わて百両です。その上に利子分と保管料を十両ずつ、計二十両を上乗せしていただきます」

大前多門は怪訝な顔をした。

「それでも、えらく安いな。二つの品とも、万両千両の値打ちものだぞ。安過ぎないか」

「一之蔵の品々は、入れた方が利子分と保管料さえ払っていただければ、お出しになるまで、半永久的に保管しています。一之蔵の品は、原則として質流れさせません」

大舘屋久兵衛は平然と答えた。

大前多門は、薄ら笑いしながら言った。

「御託《ごたく》はもういい。一之蔵に案内してもらおうか。直接、桐箱を頂こう」

「お断わりします。一之蔵には、将軍家、御三家、御三卿の宝物もお預かりしています。万が一、そうした宝物が無くなったり、宝物に瑕《きず》でもついたりしたら、大ごとになります。ですから、店の者どもでも、私が立ち合わないと、蔵に入ることは出来ません」

「…………」

「ほかに入れるのは幕府勘定方、宝物の吟味方などの責任者だけです。それ以外の人は、たとえ藩主の方であっても、入ることが禁じられています」

大前多門は唸った。

「ううむ。それがしが入れぬというのなら、この女が預けた桐箱二品を蔵から出して持って来てもらおうか」

「承知しました。寅吉、後は頼みましたよ。大番頭さん、では行きましょう」

大舘屋久兵衛は立ち上がりながら、元之輔に言った。

「御隠居様も、ご同行ください」

「うむ」

元之輔は、うなずいて立ち上がった。

大前多門が怪訝な顔をした。

「なぜ、それがしはだめで、御隠居はいいのだ?」

「蔵と店の間の短い道中とはいえ、何があるか分かりません。御隠居様は用心棒です。大前様とは立場が違います」

大舘屋は、それだけいうと、先に立って歩き出した。余衛門が続いた。

元之輔は憮然としている大前たちを後に残し、大舘屋を追った。

廊下には三人の女中が刺股を片手に、見張っていた。三人は大舘屋久兵衛と余衛門を護衛して、一緒に蔵に向かった。

一之蔵に着くと、大舘屋久兵衛と余衛門は、それぞれ、大きな鍵を取り出した。一之蔵の扉には、頑丈な錠前が二個取り付けてある。二人は、二つの錠前の穴に鍵を差し込んで、捻って解錠した。

大舘屋久兵衛と余衛門は、扉を開いた。さらに格子戸を開けた。

「さ、中へ」

大舘屋久兵衛は元之輔を誘った。元之輔は二人の後に続いて、蔵の中に入った。檜《ひのき》の匂いがした。蔵の中は地の底のように薄暗く、静寂に包まれていた。中には何段もの棚が見え、漆塗《うるしぬ》りの黒い大きな箱が並んでいた。箱の蓋には、いずれも麗々《れいれい》しく葵の御紋が付いていた。中に何が入れてあるのか、は分からない。

棚には、他にも何かいわくがありそうな大小、いくつもの壺や陶器が並んでいた。かと思うと、竹林の中で吠える大虎を描いた大屏風やら、山水を描いた屏風もある。何本もの掛け軸があり、刀剣もある。

元之輔は初めて見る一之蔵の厳かな内部の様子に圧倒された。

大舘屋久兵衛と余衛門は、やがて奥から、紫の袱紗に包まれた小さな箱を持ち出した。

二人は質札の番号と箱を包む袱紗の結び目に付けられた札の番号を見比べ、間違いないとうなずきあった。

「これらに間違いないですね」

「間違いありません」

二人は、それぞれ一箱ずつ紫色の袱紗に包まれた箱を胸に抱き、蔵を出た。二人は扉を閉め、二つの錠前を施錠した。外には、油断なくあたりを警戒している女中たちがいた。

元之輔は大舘屋久兵衛と並んで歩いた。

「香苗殿は、私の隠居屋敷に隠れていたのだが、どうやら、大前多門たちに嗅ぎ付けられて捕まってしまったらしいですな」

「……いや、御隠居様、香苗様は江戸上屋敷の大前様たちを訪ね、捕まったようですよ。訪ねる前に、ここへ訪ねて来て、もう一度、二つの桐箱を確かめてから、出かけて行ったのですから」

「ほう。部屋にいたわしは香苗様が来たのに、気が付かなかったな」

「御隠居様が、浅草の奥山に出掛けていた時ですよ。香苗様が店を訪ねて来たのは」

「何かあったのかな」

元之輔は訝った。大舘屋久兵衛はうなずいた。

「香苗様は、何か事を決心したようなことをおっしゃっておられましたが」

何事かを決心した？　元之輔は胸に不安が過った。

大舘屋久兵衛と余衛門は、それぞれ桐箱を持って、店の座敷に出た。

笠井はまだ香苗の首根っこを摑まえ、にたにたと笑っていた。

「お待たせしました」

大舘屋と余衛門は、持っていた紫色の袱紗に包まれた木箱を、大前多門の前に差し出した。

「待った。木箱はまだ渡すな」

元之輔は二人に声をかけて、木箱を渡すのを止めた。大前多門は、ぎょっとして、元之輔を睨んだ。

元之輔は心張り棒を箱の上で振り上げた。

「大前多門、香苗を解放しろ。でないと、これらの箱、わしが打ち壊す」

「な、何を？」

「これらの品が手に入ったら、もはや香苗は不用であろう。香苗を解放しなければ、木箱もろとも、器や花器を打ち壊す」

「ま、待て」

大前多門は、手で元之輔を制した。

「分かった。よかろう。笠井、香苗を放せ」

「いいんですか、頭」

笠井は不満げに、香苗の首根っこを摑んだまま睨んだ。

「いい。二つの箱さえ、手に入れれば、香苗を捕まえておく必要はない」

笠井はやっと香苗の首を放した。香苗は首を擦《さす》りながら、元之輔の方に歩み寄った。

「ありがとうございます。これで、助けていただくのは、四度目になりますね」

「なぜ、大前のところへ名乗り出るような真似をした？」

「わけは後で」

香苗は小声で言った。

大前は、二つの箱を包む袱紗を解き、箱の蓋を開けた。一つに白磁の器が、もう一つに青磁の花器が入っている。

笠井をはじめ、御徒士たちも、興味津々に大前の手元を覗いていた。大前は、まず白磁の器を取り出し、眺め回した。

「これが、何万両もする名器かのう。ただのご飯茶碗にしか見えぬがのう」

「…………」

大舘屋は何かいいたげだったが、黙って大前多門を見ていた。余衛門は不満げに顔を背け、あらぬ方を見ていた。香苗は不安げに大前を睨んでいた。

白磁の器は、元之輔が最初に見た時ほど、綺麗に澄んでいなかった。鳳凰の模様もくすんでいる。昼間の明るい中で見ているせいだからだろう。

大前多門は、白磁の器を桐箱に戻し、綿で包んだ。ついで、もう一つの桐箱から、瑞々《みずみず》しく青く澄んだ花器を取り出し、手でかかげた。

「これが青磁の花器か。それがしは、こちらの花器の方がいいな。こちらの方が高そうに思う」

「大前多門様、しげしげと見ているのはよろしいのですが、手が滑って落としたりしたら、たいへんですよ。万が一割ったりしたら、取り返しがつかないことになりますよ」

香苗が心配そうに言った。

「そんなことは、おぬしに言われずとも分かっておるわい」

大前は青磁の花器を、また桐箱の中に戻し、綿で包んだ。

「よし、引き揚げだ」

大前は桐箱の包みの一つを笠井に預け、自分も一つ抱えて立った。

「邪魔をしたな、大舘屋。さらばだ」

大前は颯爽《さっそう》と歩き出した。後から、笠井や御徒士たちがぞろぞろとついて行く。

「大前様も、どうぞお達者で」

大舘屋や余衛門たちは頭を下げて、御徒士の一団を見送った。

大舘屋久兵衛は、大番頭と何やら話をしていた。小番頭をはじめとした店の者たちは、それぞれ、持ち場に戻って行った。女中三人組も廊下に姿を消した。

「やれやれ、とんだ騒ぎだったな」

元之輔は香苗と一緒に控えの間に戻った。

「さっきの平手打ち、見事だったな」

「あの笠井という男、私を見る目付きがいやらしくて。お尻を撫でたり、肩に手をかけたり、胸に触ったり。ほんとうにいやらしいんで、一度、ひっぱたいてやろうと思っていたんです」

「だから、胸がすーっとしました」

元之輔は火鉢の脇に座った。香苗は笑いながら向かいに座った。

「わしも、うっかりすると、ひっぱたかれていたところだな。いけず、と言われたものな」

「ああ、あの時ですか。ちょっと悪い人ね、って意味です。平手打ちするほどではない」

香苗は艶っぽく笑った。

「ところで、おぬし、わざわざ、上屋敷に大前を訪ねたそうではないか」

「どうしてそんなことをする。わしの隠居屋敷に隠れておったら、今日のようなこともなかったのに」

「はい」

「御隠居様のお屋敷で、休んで自分なりに考えたのです。そのうちに思い付いたことがあったのです」

気付けば、香苗はお絹の着物を着ていた。

元之輔は香苗の目が前にも増して、生き生きしているのを感じた。

「何を思い付いたのかな。聞かせてくれ」

「はい。安芸竹山藩内の御家騒動を収める方策です。互いに不信感を煽って対立を激化させるのではなく、対立していても、互いに争わず、なんとか現状を維持させるのが、平和で幸せな道ではないか、と」

「なるほど」

「何事も一方が勝ち、他方が負けるというのではなく、互いに痛み分けにする。双方とも、互いを認め合えば、争いもせず、平和に暮らせると思ったのです」

「痛み分けのう。出来るようで、なかなか出来ることではないが。その痛み分けの方法を思い付いたというのか？」

「はい」

急に店の方が騒がしくなった。

丁稚が控えの間の廊下に走り込んだ。

「御隠居様、たいへんです」

「どうした?」

「表で辻斬り強盗が出たって大騒ぎになっています」

「どこでだ?」

「観音様の裏手の奥山です」

大内山墨禅親分の縄張りの中だ。元之輔は急に胸騒ぎに襲われた。

御崎尽兵衛が昨日墨禅親分のところに会いに出掛けたきり、今日になっても帰って来ない。

御崎尽兵衛は墨禅親分に二十両を返済しに行った。そして、御崎はお染を借金の形にしたという証文を取り戻して来ることになっていた。

そこで、御崎を喜ばそうと、田島結之介が深川の小料理屋『秋月』に、娘のお染を迎えに行った。二十両の形でなくなれば、お染は自由に歩けるし、どこへでも行くことが出来る。

もしや、御崎尽兵衛の身に何かあったのではないか？

そう思うと、元之輔は居ても立っても居られなくなった。

元之輔は立ち上がり、刀掛けから、大小の刀を取り、腰に差した。

「ちょっと行って参る。田島が来たら、奥山に来るようにいってくれ」

元之輔は腰の刀を押さえ、部屋を飛び出した。

「御隠居様、私も参ります！」

「香苗、おぬしはここで待て」

元之輔は、後ろも向かず、大声で叫んだ。

玄関から店を飛び出すと、田島結之介と鉢合わせしてぶつかりそうになった。

「御隠居、どうなさったのです？」

元之輔は思わず、立ち止まった。

田島は綺麗な振り袖を着た娘を連れていた。

「……この娘は？」

「お染です。御崎さんの……」

元之輔はお染に見入った。お染は丸顔の可愛い目鼻立ちをしたおぼこ娘だった。

「御隠居様、私、染と申します。父様が、いろいろお世話になっています。ありがとうございます」

「お染……田島、済まぬ、お染と部屋で待っていてくれ。香苗もいる。ちょっと出掛けねばならぬ。すぐ戻る」

元之輔は、それだけいうと、浅草観音の境内に走り込んだ。走りながら、御崎尽兵衛の無事を祈っていた。

八

境内を走り抜け、奥山に向かう通りに入ったとたんに、大勢の人だかりが見えた。野次馬が遠巻きにして町方同心や岡っ引きが検分している様子を窺っていた。

元之輔は人垣を掻き分け、人だかりの真ん中に出た。町方同心たちが、横たわった浪人者を調べていた。

一目見て、着ている着物から御崎尽兵衛だと分かった。

「御崎！　御崎尽兵衛、大丈夫か！」

元之輔は大声で呼びかけながら、横たわった御崎に駆け寄った。屈み込んで、覗き込んでいた町方同心たちが退いた。

元之輔は御崎の傍らにしゃがみ込み、御崎の軀を抱き抱えた。御崎は右肩から左にかけて袈裟懸《けさが》けに斬られていた。大量に出血しており、着物はべっとりと赤黒く染まっていた。

手の尽くしようはなかった。だが、御崎はまだ息をしていた。

「御崎、どうした、誰に斬られた？」

御崎は虚《うつ》ろな目を開き、桜の木の根元を指した。そこにも、もう一人浪人者が横たわっていた。浪人者の右手には大刀の抜き身が握られていた。町方同心が十手で男の軀を突っ突いていた。

浪人者は喉元から血を流し、息絶えていた。喉元に篦《へら》のような竹が突き刺さっていた。傍に刀の柄が転がっていた。柄に残っているのは竹光だった。

御崎は竹光で闘ったというのか。竹光ならば辻斬りは出来ない。御崎は辻斬りではなかった。

元之輔は、御崎の顔を見た。御崎は笑おうとしていた。喉をごろごろさせた。右手を懐に入れようとした。懐から血に汚れた紙が覗いていた。

「……済まぬ。あの二十両で……最後の大博奕を打った」

元之輔は御崎の懐から覗いている紙を引き摺り出した。二つ折りした証文だった。

恐る恐る開くと、娘のお染を二十両の借金の形にするという証文だった。

「……最後の最後にツキが回って来た……」

「御崎、おまえ、なんて野郎だ」

元之輔は大声で叱った。

「……丁半勝負で……三百五十両……取った。それで、お染の証文を取り返し……ぜんぶチャラに……」

「武士に二言はないといったろうが！　もう博奕に手を出さないって誓ったはずだ。なぜ、破ったんだ」

「……済まねえ……。これが……俺なんだ……一目お染に……会いたかった……」

元之輔は浅草観音の境内を振り返り、田島の姿を探した。ひょっとして、ひょっとして、田島がお染を連れてやって来たならば。

「御崎、まだ死ぬな。お染が、すぐ近くまで来ている。死ぬな」

「お染……を頼む。最期の……頼みだ……これでお染を幸せにしてやって……」

御崎は震える手を懐に入れ、何かを取り出そうとした。だが、取り出せなかった。

「わしにそんなことを頼むな。生きて自分でやれ」

「……たのむ……」

御崎は深く息をつき、ふっと吐くのを止めた。抱えた御崎の軀から力が抜けて行く。尽兵衛は、お染を一目も見ずに、お厘が生きていたことも知らずに逝った。哀れなやつだ。

かたかたと下駄が音を立てて駆けてきた。

「御隠居、お染を連れて来ましたぞ」

田島の声が聞こえた。お染を連れた田島が駆けて来るのが見えた。香苗の姿もあった。

鋭い刺すような視線を感じた。視線の方に目をやった。人垣の中から、じっと目を凝らして元之輔を見ている。元之輔は御崎を抱えたまま、その視線の元を探すと、一人の男の影がくるりと踵を返して奥山の通りを歩き出した。墨禅親分だった。子分たちが後から付いて行く。

「間に合わなかったか」

田島がよたよたと元之輔の傍らにへたり込んだ。田島の背後から、お染が走り寄って、元之輔の傍らに立った。お染は声を詰まらせた。

「お父様……」

香苗が駆け寄り、お染の軀を抱いた。お染が香苗の胸に顔を押しつけ、泣き出した。

香苗が優しく背を撫でていた。

元之輔は、心の中で、御崎に言った。

御崎、良かったな。おぬしを思って泣いてくれる娘がいた。

その時、元之輔は御崎の懐から白い紙包が覗いているのに気付いた。

御崎の軀をそっと地べたに横たえると、懐ろから白い包みが地べたに転がり落ちた。

切り餅二個。紙の一部が破れ、黄金色の小判が見えた。手に取った。

五十両。

桜の花が風に乗って、あたりに舞いはじめていた。

九

隅田堤の桜は満開となり、見頃を迎えていた。花見客たちは、土手のところどころに筵《むしろ》を敷き、弁当を食べ、酒を嗜んでいる。

一陣の風が吹くと、花は桜吹雪となって、堤一杯に広がり散って行く。

「香苗は……在所に帰るのか」

「はい。両親がまだ元気ですから、親孝行しようと思って」

「親は子に孝行してもらおうなんて思わないぞ。本当の親孝行は、親離れして、一人立ちし、己れの信じる道を生きていくことだ。子が幸せになることが、親孝行になる」

「……心に、その言葉を留めておきます」

香苗は桜吹雪の舞う中で、風に合わせて、舞い出した。元之輔は、香苗の艶やかに舞う姿に見とれた。まるで、胡蝶のように舞い上がろうとしている。そうか。これは別れの舞いか。香苗はよろめいて、元之輔の背にそっと身を寄せた。

元之輔は腕組みをし、背に身を寄せた香苗の温かみを感じながら、桜の舞い散る様に見入っていた。

「香苗、あの白磁の器、なんと申した？」

「『鳳凰の舞い』でございます」

「おぬし、あの白磁の器、すり替えたな」

「はい」

香苗は元之輔の背から離れた。

「いま、どこにある？」

「恵徳院様のところに。昨日、お届けして参りました」

「青磁の花器は、すり替えなかったのだな」

「はい。青磁の花器は、いまの御上の許に」

「それで、双方、痛み分けということか」

「はい。どっちもどっち、争いが起これば、いつも困るのは、下の私たちです。争わずに痛み分けしていれば、この世は平和です。この前のお話を聞いて、分かりました。御隠居様がおっしゃる通り、私は誰に気兼ねもせず、己れの好きな道に進む。それが、幸せの道だと悟りました」

元之輔は頭を左右に振った。

「香苗は、まだ若い。悟りを開くには、まだ早い。若いうちは、いろんな人と付き合い、いろいろな世界を見ることが大事だ」

「そんなことをおっしゃるとは、御隠居様は、だいぶ老境にお入りになられたみたいですね」

「まだまだ気だけは若いつもりだ。還暦で、また新しい人生になった」

「ふふふ。御隠居様は、気が若いだけではないでしょ。花見客に若い女子で、美しい人がいると、必ずお目を向けておられる。分かっていますよ」

元之輔は無視して声を上げて言った。

「子いわく、吾、四十にして学を志し、五十にして立ち、六十にして惑わず、七十にして天命を知る、八十にして耳順《したが》う、九十にして心の欲するところに従いて矩《のり》を踰《こ》えず、だ」

「まあ、御隠居様版の論語為政篇《ろんごいせいへん》ですね」

香苗はくすくす笑った。

「そうは言っても、わしはまだ六十にして惑っておる。情けない」

香苗は、不意に元之輔に振り向いた。香苗は真顔になっていた。

「御隠居様、私、明日、江戸を発《た》ちます」

「そうか。明日発つか。寂しくなるのう」

香苗は、ついっと元之輔に背を向けた。

「……私も寂しゅうございます」

「うむ。……達者で暮らせ」

香苗はゆっくりと振り向いた。

元之輔は、桜吹雪の中で、見返り美人の絵を見ている思いがした。

絵と違うのは、香苗は袖口を、そっと目にあてているところだった。

別れは、甘い哀しみか。

元之輔は心の中に暗愁を抱えた。

十

その後、一つ判明したことがある。

勘助が聞き込んだことによると、御崎尽兵衛を斬った浪人者は大内山墨禅親分の用心棒で、賭場で勝って大金を得た客が出ると、墨禅親分は帰り道に浪人者に客を襲わせ、金を回収していた。御崎も博奕にツイたために死んだ。

元之輔は硯で墨を磨りながら、ため息をついた。気を取り直し、目に浮かんだことを思った。

六年前に亡くなったお絹を思い出した。お絹は微笑んでいた。

隅田堤の桜吹雪を思い浮かべた。

香苗の寂しげな姿が桜に霞んだ。

落花繚乱《りようらん》。

元之輔は深呼吸を一つし、机に向かった。

残日録を開き、筆先に墨をたっぷりと含ませ、本日の欄に筆先を下ろした。筆を走らせる。

「本日好天《こうてん》。隅田堤の桜が散るのを見る。ほかに特に記すべきことなし」

と書いて、元之輔は筆を置いた。

庭の外で鶯《うぐいす》の清らかな鳴き声が聞こえた。

【参考文献（順不同）】

祖田浩一著『江戸切絵図を読む』東京堂出版
佐々悦久編著『大江戸古地図散歩』新人物文庫
篠田鉱造著『幕末明治女百話』上下　岩波文庫
篠田鉱造著『増補　幕末百話』岩波文庫
川崎房五郎・江戸ばなし『江戸風物詩』①②　桃源社

時代小説
二見時代小説文庫

御隠居用心棒《ごいんきょようじんぼう》 残日録《ざんじつろく》1 落花《らっか》に舞《ま》う

二〇二四年 六 月二十五日 初版発行

著者 森《もり》 詠《えい》

発行所 株式会社 二見書房
〒一〇一-八四〇五
東京都千代田区神田三崎町二-一八-一一
電話 〇三-三五一五-二三一一［営業］
〇三-三五一五-二三一三［編集］
振替 〇〇一七〇-四-二六三九

印刷 株式会社 堀内印刷所
製本 株式会社 村上製本所

 ISBN978-4-576-24044-2
https://www.futami.co.jp/historical

森詠

会津武士道

シリーズ

完結

①ならぬことはならぬものです
②父、密命に死す
③隠し剣 御留《おとめ》流
④必殺の刻
⑤江戸の迷宮
⑥闇を斬る
⑦用心棒稼業

江戸から早馬が会津城下に駆けつけ、城代家老の玄関前に転がり落ちると、荒い息をしながら「江戸壊滅」と叫んだ。会津藩上屋敷は全壊、中屋敷も崩壊。望月龍之介《もちづきりゅうのすけ》はいま十三歳、藩校日新館にて文武両道の厳しい修練を受けている。日新館に入る前、六歳から九歳までは「什《じゅう》」と呼ばれる組で会津士道に反してはならぬ心構えを徹底的に叩き込まれた。さて江戸詰めの父の安否は？剣客相談人（全23巻）の森詠の新シリーズ！

藤木 桂

本丸 目付部屋 シリーズ

以下続刊

① 権威に媚びぬ十人
② 江戸城炎上
③ 老中の矜持《きょうじ》
④ 遠国《おんごく》御用
⑤ 建白書
⑥ 新任目付
⑦ 武家の相続
⑧ 幕臣の監察
⑨ 千石の誇り
⑩ 功罪の籤《くじ》
⑪ 幕臣の湯屋
⑫ 武士の情け
⑬ 下座見の子
⑭ 書院番組頭《くみがしら》
⑮ 家頼《いえだの》み

大名の行列と旗本の一行がお城近くで鉢合わせ、旗本方の中間《ちゅうげん》がけがをしたのだが、手早い目付の差配で、事件は一件落着かと思われた。ところが、目付の出しゃばりととらえた大目付の、まだ年若い大名に対する逆恨みの仕打ちに目付筆頭の妹尾十左衛門は異を唱える。さらに大目付のいかがわしい秘密が見えてきて……。正義を貫く目付十人の清々《すがすが》しい活躍！